AF484083

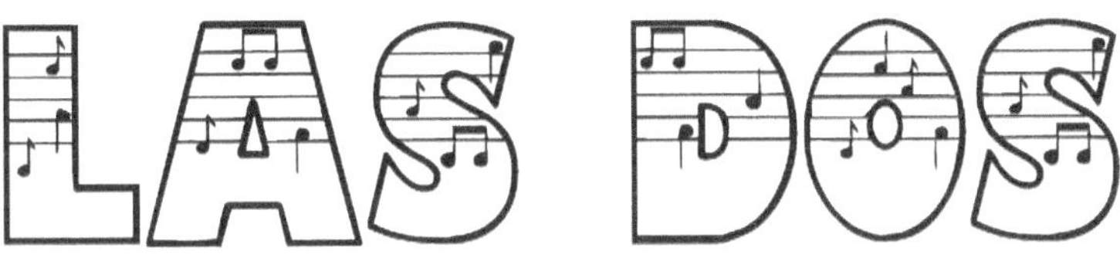

EVA M SOLER   IDOIA AMO

Contenido

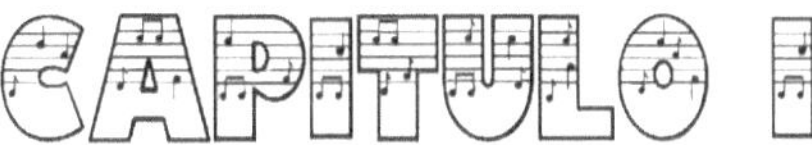

Danni: «Te odio».

Kat: «Yo te odio más, que lo sepas».

River: «Tía, deja de mandar fotos, qué envidia. ¡Hace siglos que no viajo!».

Romy envió unos cuantos emoticonos riendo y envió una nueva foto de la playa paradisíaca en la que se encontraba pasando su luna de miel con Randy. Y, lo que era mejor, sin incidentes: los vuelos habían salido a su hora, sin sufrir la menor turbulencia, el hotel era de ensueño y el tiempo, inmejorable. Al escoger Hawái unos meses atrás, la agencia de viajes había asegurado que todo iría perfecto y que las posibilidades de lluvias eran prácticamente nulas, pero después de todo lo ocurrido en la despedida de soltera y la semana antes de la boda, ninguno de los dos las tenía todas consigo. Por suerte, parecía que por fin Murphy había decidido irse de vacaciones también y ese viaje no podía ir mejor.

Sun Hee: «No te quejes, River, que tú te vienes conmigo de viaje este fin de semana».

River: «Obviamente, entre Hawái y Nashville no hay punto de comparación.»

River puso los ojos en blanco, mientras veía cómo, una tras otra, todas sus amigas menos la loca de Strigoi, enviaban diferentes emoticonos de risas.

River: «Vale de cachondeo».

Sun Hee: «Déjalas, es envidia».

Danni: «Sí, es eso, justamente.»

Skylar: «¿No deberías estar durmiendo, Romy? ¿Qué hora es ahí?»

Romy: «Son solo cuatro menos de diferencia, acabamos de bajar a desayunar.»

Por si alguien tenía dudas, a los pocos segundos les llegaron unas estupendas fotos de unas mesas larguísimas con todo tipo de manjares, incluyendo una fuente de chocolate que hizo que todas salivaran al momento.

Romy: «Y, de todas formas, dormir poco.»

Varios guiños con la lengua fuera.

River: «Anda y que te den».

Le mandó un guiño para que viera que el tono era de broma, por si las moscas, y se guardó el móvil con un suspiro. Lo que daría por estar en su lugar… No por la boda o el novio, claro, sino por el hecho de estar bien lejos y relajándose al sol. En cambio, ahí estaba, pegándose con un paraguas rebelde en medio de la calle tras salir de una entrevista de trabajo. En cuanto había girado la esquina, un golpe de aire había vuelto el paraguas del revés y a duras penas se había librado de acabar con una varilla clavada en el ojo.

La entrevista tampoco había sido ninguna maravilla, las condiciones no eran muy buenas y el horario peor, ya que querían que cubriera principalmente los turnos de noche. Por el momento podía aguantar con sus ahorros y esperaba encontrar algo antes de llegar al punto de aceptar cualquier cosa por desesperación, aunque tampoco la oferta era muy amplia.

Resignada, tiró el destrozado paraguas en la primera papelera que pilló y corrió bajo la lluvia para llegar al metro. Al menos tenía un rato para poder lavarse el pelo y cambiarse de ropa hasta la hora de comer, que había quedado con las chicas.

Echó un ojo a las ofertas de trabajo en una aplicación de móvil durante el trayecto, sin encontrar nada interesante. Volvió a mirar el grupo de amigas, donde por suerte Romy había dejado de enviar fotos para darles envidia sana, y la conversación se centraba en confirmar de nuevo la hora en que se verían.

Tuvo que echar otra carrera hasta su piso para no mojarse demasiado y, lo primero que hizo al entrar, fue comprobar que tenía algún paraguas intacto para después antes de meterse en la ducha. Su pelo rizado le llevaba un buen rato, por otro lado, entre tratamientos y secado lento, por lo que cuando por fin salió del apartamento, llegaba justa al restaurante. Habían quedado en el Aviva, como acostumbraban, y cuando entró vio que Danni ya estaba sentada en la mesa, con el móvil en la oreja. Le hizo un gesto para saludarla y se acercó sonriendo.

—Vale, sí —decía Danni—. Seguro que me gusta, claro. Conduce con cuidado. Ajá. No, cuelga tú.

River la atravesó con la mirada, porque como empezara con el temita del «cuelga tú», vamos... Que la adolescencia ya estaba superada, ¿no?

Danni le sacó la lengua y emitió una risita ante algo que había escuchado. Se despidió de nuevo y dejó el móvil con una sonrisa de oreja a oreja.

—A ver si te van a explotar las mejillas —refunfuñó River.

Ella se las tocó, aunque sin relajar la expresión.

—Ay, chica, ya sabes, es que hemos quedado mañana. ¿No puede una tener ilusión?

—Que sí, mujer. Es solo…

—¡Eh, chicas!

Kat agitó la mano desde la puerta, sujetando su móvil con la otra, y se acercó a saltitos y meneando su melena rosa chicle.

—Sí, comida con las chicas —dijo, al teléfono—. Claro, me paso después y te… —Las miró—. Sí, eso. —Risitas—. Vale, besos.

Lanzó unos cuantos sonoros por si acaso y se dejó caer junto a River, que movió la cabeza pasando la vista de una a otra.

—De verdad, os falta vomitar unicornios —bromeó.

—Déjanos que disfrutemos, que el principio siempre es lo mejor.

—O el medio —comentó Danni, señalando a Skylar con la cabeza, que justo llegaba—. No ha venido a dormir a casa, que sepáis. Es la segunda vez esta semana.

—Sí que le ha cogido con ganas —comentó Kat, a lo que todas la miraron, y ella puso los ojos en blanco—. Vale, no digo nada, que no soy el mejor ejemplo de contención.

—¿Contenerse en qué? —preguntó Skylar, ocupando su sitio—. Ya ha pasado la boda, no tenemos que preocuparnos por entrar en esos vestidos otra vez.

—Claro, como que a ti te preocupaba mucho eso —rio Kat—. No, hablábamos de sexo.

—Y de como todas tenéis menos yo —resopló River, fastidiada—. Menuda temporada de sequía llevo.

Sun Hee entró sacudiéndose la ropa y el pelo, húmedo, y se acercó sonriente.

—¿No sabes lo que es un paraguas? —preguntó Skylar, al ver que no llevaba ninguno.

—Me lo he dejado en casa. Y total, no es como si se me fuera a rizar el pelo.

—Ja, ja —replicó River.

Eso tenían en común: heredar las características típicas de su raza y así como Sun Hee tenía el pelo liso como una tabla, River lidiaba con sus rizos indomables todos los días. Alguna vez había probado a planchárselo, pero no le gustaba el resultado y, como mucho, se hacía trenzas algunas veces o se lo cortaba un poco, aunque al final lo que más le convencía era dejarlo suelto.

—No pasa nada, lo importante está a salvo —dijo Sun Hee, tocando su bolso.

River agitó la cabeza, mientras las demás la miraban con curiosidad.

—¿Qué llevas ahí? —preguntó Danni.

—Las entradas, claro —contestó ella, como si fuera obvio.

—¿Te parece buena idea? —inquirió Skylar, cogiendo la carta para echarle un vistazo.

—Eso digo yo, ¿y si las pierdes? —le dijo Danni.

—Imposible si las llevo encima. Así sé siempre dónde están.

—Hombre, si las dejas encima de una mesa en tu casa o en un cajón… —empezó Kat.

—Oye, que tú te equivocas de número siempre.

—¿Y eso qué tiene que ver?

—Pues que, si lo dejo en un cajón, corro el peligro de olvidarme en cuál lo he metido. ¡Si pasa siempre! Guardas algo para no perderlo, y luego no recuerdas dónde. ¿No os pasa?

Kat afirmó enérgicamente con la cabeza, mientras las demás negaban al unísono. Bueno, ¡al menos alguien la comprendía!, pensó Sun Hee. Que fuera la única que se perdía en el metro no era mucho consuelo, pero eso daba igual.

—¿Vamos luego a tomar algo? —preguntó River, tras mirar la carta por encima.

—Yo no he quedado hasta la noche con Lawson, así que una copa puedo tomar sin problema —contestó Kat.

—Yo libre, Jamie vuelve mañana de un viaje.

La camarera se acercó para tomarles nota y dejar una botella del vino que solían pedir.

—Yo he quedado con Corey, lo siento. Pensaba que solo comeríamos y como mucho un café… —dijo Skylar, y entonces se le ocurrió—: ¿Por qué no venís todas? Estarán sus amigos. Bueno, no todos, los tres hermanos inseparables, ya sabéis.

—Claro, esa frase nos convence —rio Sun Hee—. ¡Si siempre dices que les caes mal!

—Bueno, yo qué sé, quizá no les he dado una oportunidad… —Se encogió de hombros—. Corey ya había quedado con ellos y no me cuesta nada tomar algo juntos antes de ir a otro lado.

—Traducción de «ir a otro lado»: ir a su casa a folletear toda la noche —bromeó Danni.

Skylar le dio un codazo, aunque no la contradijo. La reconciliación en la boda no se había quedado en un espejismo, llevaban unos días de lo más acaramelados y sin discutir, algo novedoso en ellos dos. Y por las caras de Danni y Kat, le parecía que estaban en el mismo momento dulce que ella.

—Por mí vale —contestó River—. Tengo curiosidad por conocerlos más allá de alguna videollamada o saludar de pasada, la verdad.

—Y así hacemos piña contigo, mira —dijo Kat, chocando su copa con la de Skylar—. Sabemos que son un poco insoportables.

Ella sonrió mientras la camarera les servía la comida. Aunque antes no tenía mucho cariño a los tres hermanos, desde la boda no pensaba igual porque estaba segura de que Kee había tenido mucho que ver en que ellos dos volvieran a estar juntos. Su teoría de los peces y los moluscos, aunque confusa y extraña, había dado sus frutos y ella estaba muy feliz con su ostra, para qué engañarse. Así que cuando Corey le comunicó que había quedado con ellos un rato, no le importó decirle que se pasaría a buscarle antes de… en fin, sí, antes de ir a su piso a pedir comida a domicilio y tirarse uno encima del otro.

—¿Dónde habéis quedado? —preguntó River.

—En el Elbow Room, suelen quedar ahí. De todas formas, no es hasta las seis, así que tenemos tiempo de sobra para comer y tomar un café.

—Y postre —dijo Kat, tocándose el estómago—. Que esas fotos de Romy me han abierto el apetito.

—Menos mal que todo le está saliendo bien ahora —comentó River, pinchando su ensalada—. Si llegan a perder el vuelo… le da algo.

—La racha mala se acabó —replicó Sun Hee, volviendo a palpar su bolso—. Tú piensa en el sábado y lo bien que lo vamos a pasar, ¡si es que todo son buenas señales!

—Eso dímelo cuando encuentre trabajo.

Sun Hee le frotó un brazo, compungida. Ella pensando en pasárselo bien, y no se había parado a considerar en cómo estaría su amiga. Cierto que River había dejado su trabajo voluntariamente, pero eso no quitaba el mal trago.

Al otro lado, Danni imitó su gesto, y River sonrió a ambas.

—Estoy bien —dijo, para tranquilizarlas—. Es que la entrevista de esta mañana ha sido un desastre, la verdad, querían una esclava más que una empleada.

—Al menos tú sabes bien lo que quieres —la reconfortó Danni—. No estás perdida como lo estaba yo.

Eso era una ventaja, sí, porque ella tenía clara su vocación y nunca había dudado en querer ser veterinaria. Aquello solo era un bache y nada más, estaba segura, igual que lo había sido el imbécil del Gran Doctor. Por suerte, él quedaba atrás y bien atrás, y, como ya estaba segura de haber cubierto su cupo de cabrones, pues las cosas solo podían ir a mejor. A optimismo no la ganaba nadie, eso fijo.

Y por otro lado… no había comentado nada a sus amigas porque aún era solo una pequeña idea que había comenzado a germinar en su cabeza. Quizá, con lo que tenía ahorrado, y un préstamo, podría abrir su propia consulta. Era todavía una idea sin forma, tenía que investigar bien y hacer números. El año anterior, un compañero de universidad había abierto una, creía que con algo de ayuda familiar y no le iba mal, así que… no perdía nada por investigar un poco y, si no era factible, pues al menos sabría cuánto necesitaría y si era viable en un futuro.

Skylar había levantado la copa para brindar por ella, por lo que cogió la suya y todas las chocaron, animándola, antes de continuar comiendo. Al terminar, pidieron su postre favorito y después se fueron, como acostumbraban, a su cafetería habitual, Dairies Coffeehouse & Cold Brew Bar.

Pidieron sus cafés de siempre y una tila para dejar a un lado y enviarle una foto a Romy, en recuerdo a la última vez que estuvo allí hecha un manojo de nervios por la supuesta infidelidad de Randy.

La chica debía estar muy ocupada con su flamante marido o con las olas de la playa, porque no leyó el mensaje mientras estuvieron allí charlando y, cuando se acercaban las seis, se marcharon para ir a encontrarse con Corey y sus amigos en el *pub*.

Sun Hee, por raro que pareciera, y en contra de su *modus operandi* habitual, decidió apuntarse. De normal se hubiera ido a casa a seguir escuchando canciones una y otra vez, no fuera que quedara alguna frase en ellas que no se supiera de memoria. Por lo despistada que estaba, cualquiera diría que ya llevaba días en Nashville.

Elbow Room era un sitio moderno, demasiado para su gusto, y la chica frunció el ceño al escuchar la música de fondo. Aunque iba más con su estilo que con lo que solían elegir las chicas, para ella seguía faltando Strigoi, y no era la primera vez que puntuaba los locales del uno al diez tomando como referencia si ponían alguno de sus temas o no.

—¿Cómo pueden ser tan guapos y a la vez tan tontos? —preguntó Danni, meneando la cabeza al ver a los tres hermanos sentados en una mesa.

Corey estaba en la barra, charlando con el camarero, y les dedicó una sonrisa al verlas acercarse.

—Te has traído protección —le dijo a Skylar, divertido.

—He pensado que así tendrían varias dianas a la vez. —Ella le sacó la lengua.

—En el fondo te adoran. —Corey la besó en la mejilla.

—Sí, en el fondo del mar, donde habitan las ostras —se burló Skylar, y miró a sus amigas—. Sentaos que voy a pedir.

Kee alzó la ceja, inquisitivo, al ver el despliegue femenino que se encaminaba hacia su mesa. Ya ni recordaba cuánto tiempo hacía que no tenían tantas chicas orbitando a su alrededor, y aunque todas o casi todas estuvieran emparejadas, no dejaba de ser agradable.

—Hola, chicas —saludó—. ¡Cuánto tiempo hacía que no nos veíamos!

—Lógico —comentó Sioux—. No pertenecen a nuestro grupo de amigos, ¿por qué íbamos a verlas?

—No seas borde. —Seneca le dio un codazo—. ¿No ves que son como nuestra familia política, o algo parecido?

—Exacto —corroboró Kee—. Skylar ha venido para quedarse, hay que asumirlo, y este es el equipaje que trae.

—Pasar las horas con un montón de tías emparejadas es una pérdida de tiempo —anunció Sioux, con gesto convencido—. ¿De qué nos sirve?

Sus dos hermanos lo miraron, exactamente con la misma expresión de exasperación.

—¿Qué? —protestó él—. Si no va a llevar a un polvo, no tiene sentido.

—Cállate —ordenó Kee, cuando ellas ya estaban cerca—. Kat, Danni, ¡sentaos, vamos! ¿Os ayudo con las sillas?

No esperó respuesta, incorporándose para juntar algunas sillas de la mesa de al lado que permanecía sin ocupar. Las amigas de Skylar nunca le habían caído mal, en verdad, era solo que tampoco habían pasado mucho tiempo conociéndolas gracias a la rubia, que era el puente entre ambos bandos. Sin embargo, las cosas habían cambiado, y mucho: Corey no llegó a darle demasiados detalles, como era habitual en él, pero sí le explicó que su teoría sobre amor y moluscos era un acierto.

Y visto que Skylar parecía otra persona, se planteó si debería aplicarse a sí mismo su propia teoría en lugar de predicarla para los demás.

Pero eso era otra historia….

—¡Hola, chicos! —Danni se sentó con una sonrisa—. ¿Cómo lo lleváis?

—Perfecto hasta que habéis llegado —siseó Sioux, contrariado.

Tuvo que moverse con la silla hasta quedar apretujado junto a Seneca, y todo únicamente para que la chica rara que vestía sudadera con orejas de gato y vaqueros se acomodara, que parecía necesitar medio local para ella sola.

—No hace falta que aplastes a tu hermano —observó Sun Hee.

—Es eso o que te sientas encima de mí, Yoko.

—Me llamo Sun Hee, atontado —dijo esta, sin alterarse—. Y no me sentaría encima de ti aunque fuera el único camino para llegar hasta Dennis.

Sioux quedó confuso ante una respuesta que, pese a prever que sería desagradable, no comprendía. En fin, ¿quién entendía de qué narices hablaba aquella panda la mayor parte del tiempo?

—Se refiere a Dennis Brody —aclaró Kat, al ver la cara de confusión del chico.

—¿Quién?

—¿No sabes quién es? —Sun Hee lo miró de forma fulminante.

Se hizo un breve momento de silencio en la mesa. Las chicas sabían con exactitud lo que venía a continuación, incluso River comenzó a mover los labios como si fuera ella quien hablara.

—Dennis Brody es el mejor guitarrista de todos los tiempos. Carismático, con talento, dulce y con un toque sexy al mismo tiempo.

Kat y Danni ocultaron las sonrisas en su cara, no en vano habían escuchado aquella retahíla montones de veces. Corey se acercó para dejar un par de bebidas sobre la mesa y le rodeó los hombros a la improvisada ventrílocua, a la que saludó con un beso en la mejilla.

—¿Ahora te vas a dedicar a esto? Porque no se te da nada mal.

—Ssshhh, a Sun Hee le molesta horrores que lo haga —dijo ella con una risita.

—¿Qué tal va lo del empleo?

—Poco alentador —suspiró River.

—Bueno, llevas dos disgustos en poco tiempo, lo siguiente por fuerza tiene que ser mejor —la animó el chico, dándole un apretujón cariñoso.

—¿Sabes qué me haría sentir mejor? Un tatuaje, pequeñito…

Él sacudió la cabeza, divertido, y regresó a por el resto de las bebidas. De paso ayudó también a Skylar con las de sus amigas, preguntándose si la mesa no explotaría durante la noche. Entre que Sioux no cribaba nada de lo que decía y que aquel grupo tampoco se cortaba la lengua precisamente…

—Que yo me entere —Sioux volvió a la carga justo cuando Corey acababa de sentarse—. Ese Dennis, ¿quién es? ¿Un novio que toca una guitarra cutre?

Las chicas silbaron al mismo tiempo, observando cómo el rostro de Sun Hee se encendía al instante.

—¿Vives en una cueva o algo así? ¡Es el guitarra de Strigoi! —La chica puso la misma cara que cuando le tocaba aguantar a sus sobrinas queriendo maquillarla todas al mismo tiempo.

—Perdona, yo tengo un trabajo, ¿sabes?

—Un trabajo muy digno —intervino Skylar, con cara de no haber roto un plato.

—¿Ahora también os vais a meter con nuestro trabajo? ¡Es una empresa familiar, punto! —Sioux señaló a sus hermanos—. Y estamos muy orgullosos de ella, ¿verdad?

Ambos se miraron.

—Por supuesto —dijo Kee—. Es un orgullo, uno muy grande.

—Y extraño —añadió Seneca.

—Es necesario —gruñó Sioux—. Así que sí, trabajo mucho, perdón por no saberme todos los nombres de los componentes de ese grupo.

—Aficionado…

—¿Y tú que tienes, quince años? Pareces la típica fan loca, si yo fuera ese tío estaría preocupado pensando que pudieras venir a mi concierto.

—Pues claro que voy. —Sun Hee sacó las entradas de su bolso con gesto triunfante—. Tuve que meterme un viaje de no sé cuántas horas para conseguirlas, pero son mías. Es este fin de semana, en Nashville.

Sioux frunció el ceño.

—¿Tienes entradas? ¿Y acompañante? —Estudió a las chicas—. Lo siento, no me cuadra que a ninguna de tus amigas le guste ese grupo.

La joven suspiró, porque en eso no le faltaba razón.

—Presente. —River alzó la mano—. Es a mí a quien le ha tocado la china.

—Nunca mejor dicho —se burló Sioux.

—Soy coreana, tonto del culo.

—Es lo mismo, ¿no?

Kee le pegó un manotazo en la espalda, con tanta fuerza que a Sioux le faltó poco para escupir los cacahuetes que acababa de comerse. Empezó a toser mientras Sun Hee decidió si merecía la pena dejarse picar por aquel comentario que, obvio, iba destinado a molestarla.

¿Para qué? Era feliz, muy feliz. El simple tacto de las entradas y la promesa de poder ver a Dennis en directo… nada podía sacarla de su estado de euforia, ni siquiera un imbécil con la boca tan enorme que corría peligro constante de caerse dentro.

—Estoy en un estado de éxtasis tal que no hay insecto que me perturbe —murmuró, con una sonrisa en los labios.

Sus amigas ni se inmutaron, acostumbradas como estaban a que Sun Hee soltara rarezas como esa de vez en cuando. Los London, sin embargo, parpadearon ante su comentario.

—¿Sabes, Sun Hee? —intervino Corey, tratando de relajar el ambiente—. Yo hubiera ido contigo encantado, son un grupazo.

—Menos mal que hay alguien aquí con buen gusto —afirmó ella—. ¡Y me lo dices ahora! Ya tengo el billete del autobús a nombre de River.

—Yo también hubiera ido —apuntilló Sioux.

—Vamos, a ti no te aguanto veinticuatro horas seguidas ni loca.

—¿Qué horario tenéis?—preguntó Skylar, ya que, como buena loca del control, se imaginaba que ese viaje iba a ser una completa locura.

A Sun Hee se le iluminó el rostro al darse cuenta de que podía hablar del viaje. Sus amigas la miraron con cariño, conscientes de que vivían en un círculo vicioso: Sun Hee hablaba tanto de Strigoi que casi siempre la cortaban antes de que empezara y, al mismo tiempo, cuando veían cómo se emocionaba al poder hablar del tema, se sentían mal por interrumpirla.

Así que, de cuando en cuando, la dejaban explayarse a gusto.

—¿Os lo cuento? —inquirió ella, examinando sus expresiones—. ¿De verdad? ¿O en cuanto empiece pondréis los ojos en blanco y responderéis con monosílabos?

Sioux soltó una carcajada, que murió al siguiente segundo cuando Seneca le dio una patada por debajo de la mesa.

—En serio —la animó Kat, con una sonrisa de cariño.

—Vale. Pues el autobús sale a las ocho de la mañana, si no recuerdo mal. —Sun Hee se encogió de hombros—. Y a ver cómo vamos, que está lejos para ir caminando con la bolsa. Bueno, ya lo pensaremos el viernes.

—Ya os acerco yo —se ofreció Corey, lo que le valió que Skylar le diera un apretón cariñoso por debajo de la mesa.

—¡Estupendo! Un problema menos —aplaudió Sun Hee.

—Cuidado, no vayas a explotar de tanta felicidad —refunfuñó Sioux, cruzándose de brazos.

Ella simuló no haberlo oído y carraspeó para seguir.

—Tengo que decir que no es una línea de bus normal, sino una especie de viaje organizado.

—¿Organizado por quién? —quiso saber Kee.

—Por el club de fans, claro. —Sun Hee lo miró como si la respuesta fuera elemental y él un atolondrado por haberlo preguntado.

—Claro, claro.

—Espera, no me habías dicho nada de que el viaje estaba organizado por el club de fans. —River le dio en el brazo.

—¿Y qué importa ese detalle?

A River le importaba, desde luego. Cierto que el concierto en sí le daba lo mismo, solo iba por acompañar a su amiga, pero desde luego no esperaba que la ida y vuelta fuera en un autobús más ruidoso que una reunión de *gremlins* después de una nochevieja movida. Tenía suficiente con el concierto como para encima ir tragarse esa música veinticuatro horas ininterrumpidamente.

—Seguro que son tranquilos —comentó Seneca, para darle ánimos.

—Yo espero que pongan todos sus discos. —Sun Hee estropeó esos ánimos en un segundo—. ¡Es lo habitual en un viaje organizado a un concierto! A veces me da la sensación de que estoy rodeada de carcamales.

—Ya sabes que yo soy una niña vieja —murmuró River, lo que arrancó una carcajada general.

El grupo se lo había tomado a broma, pero lo cierto era que no andaba lejos de la realidad. Además, mucha gente se lo decía, así que muy equivocados no podían estar. ¿Qué culpa tenía ella si le gustaba estar en casa, con la bata de marquesa puesta, mientras leía revistas, comía chocolate y veía la televisión?

Jamás fue fiestera, aventurera, *girl scout* o ese tipo de cosas que animaban a salir a alternar con otras personas. Y encima, su gusto personal por los hombres mayores de cincuenta no ayudaba en ese aspecto, tanto que a veces se preguntaba si no le gustarían por eso mismo: eran tranquilos y ya no tenían marcha para andar todo el día de juerga en juerga.

Pues sí, era aburrida, qué le iba a hacer. Por lo menos lo sabía, que mucha gente de su edad se pensaba que era divertidísima y de eso nada: aburrirse bien era todo un arte y no todo el mundo sabía hacerlo.

—En fin, que haremos una parada a media mañana para tomar algo, y en teoría, llegamos a Nashville a la hora de comer.

—Nashville es la cuna de la música —comentó Kee—. Hay cantidad de músicos callejeros, y en los locales casi siempre tienen gente en directo. Me encanta esa ciudad, ¿vais a aprovechar a hacer turismo después de comer?

—No, hay que hacer cola.

River la miró de reojo.

—¿Cola?

—Sí, exactamente a las dos nos pondremos en la cola.

—A las dos —repitió la chica—. ¿No has dicho que hasta las nueve no empieza?

—Exacto. Mira. —De haber llevado gafas, Sun Hee se las habría ajustado—. No cuento con la gente que estará en la cola desde la noche anterior, ni con los que tendrán la suerte de ser millonarios y pagarse la zona dorada, solo cuento con la plebe, ¿vale?

River asintió, parpadeando.

—La plebe, como tú y como yo, que somos los pobres con entradas normales, justo habrán terminado de comer y estarán en plena digestión. Tomarán café, descansarán un rato para después estar en buenas condiciones, y se pondrán a hacer cola a partir de las seis. Porque mucha gente piensa, de forma errónea, que con un par de horas lograrán un buen sitio.

Hubo un silencio general en el grupo mientras asimilaban las palabras de Sun Hee.

—Estoy de acuerdo con esa manera de pensar —asintió River.

—¡Al revés, River! Si quieres garantizarte un buen sitio, lo mejor es estar cuanto antes. Para eso, tenemos que dar la vuelta a los horarios de la gente normal.

Sioux se giró hacia sus hermanos y giró los dedos alrededor de su cabeza.

—¿Qué significa «dar la vuelta a los horarios»?

—Significa que haremos las cosas al revés que los demás. Cuando lleguemos, no iremos a comer y a pasar la tarde haciendo turismo, no.

—No, no vaya a ser que alguien se divierta —siseó Sioux, divertido.

—O sea, que vas a matarme de hambre —protestó River—. Y de cansancio, ya puestas, que siete horas haciendo cola…

—Estaremos sentadas, tú tranquila. Mira, al llegar nos ponemos a la cola, lo que nos asegura un buen sitio luego en el concierto. Te parecerá que los demás están muy felices con sus platos combinados, sus helados y sus paseos por la ciudad, pero ¿quiénes estarán felices luego?

—Esas mismas personas, porque tendrán la tripa llena y las piernas descansadas —refunfuñó River, a quien lo de pasarse siete horas de pie en la calle le sonaba rematadamente mal.

—¡Nosotras! No hay nada como un concierto en las primeras filas, River, ¡hazme caso!

—No creo que disfrute mucho si me desmayo de hambre o de sed.

—Iremos por turnos a comer.

—¿Cómo dices?

—Yo me siento y tú vas a por la comida. Se come y problema arreglado, esto es extensible a otras cosas como ir al baño, a por unas cervezas, a por algo de picar y hasta para la cena, que esa vez iré yo —replicó Sun Hee, convencida—. Estaremos genial, lo he hecho muchas veces y jamás he tenido ningún problema. Además, se crea muy buen rollo en la cola, hay camaradería y música.

Las chicas hacía rato que guardaban silencio, compadeciendo a la pobre River. Estaba claro que iba a necesitar una semana de descanso después de semejante paliza.

—Está fatal —susurró Sioux a sus hermanos, que no sabían ni qué decir.

River miró a Corey, frunciendo el ceño.

—¿Qué? ¿Sigues queriendo ir en mi lugar?

CAPÍTULO II

—No pienso ponerme eso.

River se cruzó de brazos con gesto decidido, apartándose de la cama de Sun Hee, donde esta había extendido un sinfín de camisetas, gorras, brazaletes y pantalones vaqueros con el logo de Strigoi, fotos del grupo, y, sobre todo, de Dennis.

—Pero cuando una va a un concierto, lleva ropa del grupo —razonó la coreana—. ¡Es básico!

—Vamos a ver, que eso lo puedo entender, pero ponerme una camiseta con la cara de tu ídolo y una gorra con luces, como que no.

Sun Hee resopló, fastidiada, y pasó la mano por la camiseta con pena.

—¿No ves que me lo pones más difícil a mí? —murmuró.

—¿Le hablas a la camiseta o a mí?

—Ja, ja, qué graciosa. —Se giró hacia ella—. A ti, claro. Si no te pones algo, tengo más donde elegir, ¡y no sé qué ponerme!

River miró el reloj, moviendo la cabeza.

—Yo solo te recuerdo una cosa: Romy y su despedida.

Sun Hee, con dos gorras superpuestas y una camiseta en cada mano, la miró con el ceño fruncido.

—¿Qué tiene que ver eso ahora?

—Pues que Romy perdió el autobús, así que… o espabilas o llegamos tarde, y dudo mucho que quieras perderlo.

—No me estreses, que Corey no ha llegado todavía.

Como respuesta, River sacó su móvil y le enseñó un mensaje del susodicho, avisando que estaba esperándolas frente al portal. Aquello hizo que Sun Hee reaccionara y se pusiera a dar vueltas alrededor de la cama, quitándose y poniéndose gorras y camisetas a toda velocidad. Le lanzó una a River, negra y con el logo del grupo como único adorno, y se cayó al suelo por intentar ponerse unos vaqueros a la vez que caminaba.

—¿Estás bien? —le preguntó River.

—¡Que sí! Tú ponte esa.

River la miró, no muy convencida, pero comparada con el resto resultaba la menos llamativa, y al menos no tenía una cara mirándola fijamente, que se ponía nerviosa. Mientras se quitaba la suya, Sun Hee terminó de abrocharse los vaqueros, se puso una camiseta, un brazalete y una gorra, además de coger una chaqueta también del grupo.

—No me digas que es excesivo —soltó, al ver que su amiga abría la boca para decir algo—. Voy perfecta.

—Vale, vale.

Sacó un lápiz de ojos para marcarlos bien, al estilo de Dennis, y se acercó a River con el objeto en la mano.

—Ah, no, deja. Paso de pintarme para ir en un autobús.

—Que solo es darte un toque de color negro.

—Negra me estás poniendo, más de lo que soy. ¿Quieres espabilar, que Corey está esperando?

Sun Hee cogió una mochila de tachuelas, una pieza de *merchandising* de Strigoi muy codiciada, y metió dentro el lápiz y su cartera, la cual revisó antes por si se le olvidaba la documentación.

—¡Ya está, pesada!

River miró el desastre en el que había convertido su habitación, agitó la cabeza y la siguió. Ella llevaba también una mochila en lugar de bolso, por comodidad, y había metido ahí su camiseta original. Según consejo de Kat, también había guardado unas cuantas chucherías para el viaje, porque el otro motivo (sobornar al conductor, si era necesario), no tenía claro que funcionara para cualquier circunstancia.

Salieron del piso y bajaron hasta la calle, donde, efectivamente, Corey aguardaba apoyado en la puerta de su coche.

—Pensaba que os habíais perdido por el camino —bromeó, abriendo la puerta.

—Es que no conseguía encontrar el *look* perfecto —se justificó Sun Hee.

Corey la miró de arriba abajo, después a River y la camiseta que llevaba, y la chica se encogió de hombros.

—No había manera de sacarla de casa —explicó—. Hasta las bragas que lleva son de Strigoi.

Sun Hee le pegó un codazo, y Corey rio.

—Te creo, no hace falta que me enseñes nada, Sun Hee.

—De verdad, soy una incomprendida. —Sacó su móvil y se lo dio—. Venga, sácanos una foto para las chicas, anda.

Rodeó a River con el brazo, esta le sujetó la cintura, y las dos sonrieron a Corey, que enfocó con el móvil y sacó unas cuantas seguidas. Ya conocía el tema: si solo hacía una, seguro que había alguna pega con el pelo de una, la mirada de otra, o a saber qué, así que mejor tener siempre opciones de más.

Le devolvió el móvil y, tal y como había supuesto, observó divertido cómo las dos revisaban las fotos antes de escoger una en la que ambas estaban de acuerdo, meterle un filtro sutil y enviarla al grupo.

Kat: «Qué discreta vas, Sun. ¡Y te lo digo yo, que llevo el pelo rosa! Jajaja.»

Skylar: «¡Pasadlo bien, chicas!»

Danni: «¿Y esa camiseta, River? ¿Te ha metido en su secta?»

Sun Hee: «De secta nada, envidiosa.»

River: «Era lo más discreto que tenía, deberíais haber visto todo lo que guarda en su casa.»

Sun Hee: «Tampoco exageres, cuatro cosas.»

River: «Añade un cero a eso.»

—Oye, que estoy aquí al lado —rio Sun Hee, dándole un codazo a River—. Para lanzarme pullas me lo puedes decir a la cara.

—¿Y si vamos arrancando? —sugirió Corey—. Más que nada, porque se nos echa el tiempo encima.

—Sí, sí, ¡qué ganas!

Se metió en el asiento trasero y River rodeó el coche para ocupar el puesto de copiloto. Corey subió y metió la llave en el contacto.

—¿Todo listo? —preguntó.

—¿Nos vas a preguntar si hemos ido al baño o qué? —bromeó River—. Que son veinte minutos.

—Bueno, yo lo digo por si acaso. Os recuerdo cierta despedida de soltera en la que pasó de todo, así que… ¿Documentación? ¿Dinero? ¿Tarjetas?

—Todo en orden —contestó River, revisando su mochila por si acaso.

—Yo igual —dijo Sun Hee, que también había vuelto a mirar.

—Bien, pues vamos. —Corey salió a la carretera—. Al menos sacaste algo bueno de estar tirada en Búfalo tanto tiempo, Sun, que te llevaste las entradas gratis…

—¡FRENA!

Corey, asustado, revisó los espejos a la velocidad del rayo por si acaso y pisó el freno de forma brusca, haciendo que los tres se balancearan hacia delante. River se llevó una mano al corazón, dando gracias al inventor del cinturón de seguridad.

—¿Qué pasa? —preguntó Corey, mirando por la ventanilla—. ¿Qué has visto?

—¡Las entradas!

Se hizo el silencio en el coche mientras River y Corey se miraban y, lentamente, se giraban para atravesar a Sun Hee con sus ojos.

—¿Te has olvidado las entradas? —preguntó la primera—. ¿Me tomas el pelo? ¡Si las has llevado encima toda la semana!

Sun Hee se hundió un poco en el asiento, avergonzada.

—Es que al cambiar el bolso…

—Tranquilas, que no cunda el pánico —dijo Corey, dando marcha atrás—. Al menos se ha dado cuenta ahora, no en el autobús.

Echó el brazo por detrás del asiento de River para apoyarse mientras miraba hacia atrás e iniciaba la marcha con cuidado para retroceder los pocos metros avanzados y dejar el coche de nuevo frente al portal de Sun Hee.

La chica se bajó a todo correr y los dos la observaron desaparecer en el interior del edificio.

—Madre mía, qué cabeza —sonrió Corey.

—Ahora mismo solo tiene una cosa en ella, y es Dennis Brody. Creo que se ha acordado de ponerse la ropa interior porque llevaba el logo del grupo, que si no…

El chico movió la cabeza, divertido. Como bien había dicho, no le hubiera importado acompañarla, hasta el momento en que la coreana comenzó a hablar del itinerario y las horas de cola. Diez años atrás, lo hubiera hecho de cabeza, pero debía empezar a hacerse mayor, puesto que aquello ya no le parecía tan maravilloso. Un par de horas antes, sí, y siempre se conseguía un buen sitio. Claro que no en primera fila, como ella pretendía, solo de pensar también en verse aplastado contra las vallas de seguridad… No, prefería estar entre el escenario y la barra, y así poder ir a coger una cerveza tranquilamente si le apetecía. Kee estaba con él en eso, Seneca no era mucho de ese tipo de música y Sioux… En fin, la mayoría de las veces acababa perdiéndose entre la gente y no lo encontraban hasta que acababa el concierto, así que les daba igual realmente dónde se ponía.

—¿Sigue pensando lo mismo respecto a hacer cola? —preguntó.

—Claro, no hay otra opción. —River suspiró—. En fin, es un día, tampoco es para tanto y ya me devolverá el favor.

—Hombre, ella piensa que te lo está haciendo a ti al regalarte la entrada.

—Ya, eso también es verdad. —Se encogió de hombros—. Mira, esto sería lo de «amigas en las buenas y en las malas», para ella este es un caso de «en las buenas», y para mí «en las malas», así que en paz. Lo positivo y lo negativo se anulan mutuamente.

Corey sonrió, dándole una palmadita de ánimo.

—Tú siempre tan positiva.

—Ya sabes.

—Por cierto, tanto que hablas de un tatuaje… —Señaló la camiseta—. Si quieres te tatúo eso, lo mismo al verlos te vuelves megafan.

River se echó a reír, negando con la cabeza.

—Lo dudo, pero seguro que Sun estaría encantada. —Frunció el ceño, pensativa—. Aunque a lo mejor ya tiene uno y no nos lo ha enseñado.

—Tampoco me extrañaría.

Sun Hee entró en aquel momento, agitando las entradas en la mano.

—¡Ya estoy! —exclamó.

—Guárdalas, no vayan a salir volando —ordenó River, a lo que la chica obedeció con rapidez.

—¿Ahora sí, ya tenéis todo?

Las dos volvieron a afirmar y Corey inició la marcha de nuevo. Menos mal que había aparecido por allí con tiempo y no había tráfico, porque de lo contrario, ya irían tarde. Y cuando llegaron tampoco había problema en tener que buscar el autobús o posibilidad de sufrir alguna confusión como Kat: el autobús del club de fans tenía carteles del grupo pegados en el exterior, y para llegar a él, solo tenían que seguir a las personas que vestían de negro.

—Son como hormiguitas yendo a su madriguera —comentó Corey.

—Muchas gracias por traernos —sonrió Sun Hee, dándole un abrazo por detrás que casi lo ahogó contra el asiento—. ¡Vamos, River!

Esta le dio un abrazo también, aunque más suave, y se bajó para unirse a Sun Hee. Corey les sacó una foto dirección al autobús para enviarle a Skylar y dejar constancia de que no se habían perdido.

Corey: «Misión cumplida.»

Skylar: «¿Sun te ha vuelto muy loco?»

Corey: «Lo justo y necesario. ¿Te paso a buscar y desayunamos juntos? Tengo un tatuaje en una hora.»

Procuraba no trabajar los sábados para poder descansar, pero de vez en cuando tenía algún encargo que necesitaba muchas horas y debía hacerlo seguido, como en aquel caso, que le había llevado todo el viernes y no tuvo tiempo de terminar.

Skylar: «Vale, nos vemos enseguida.»

Le envió unos cuantos emoticonos de besos y Corey dejó el móvil con una sonrisa. Echó un último vistazo a River y a Sun Hee, que ya casi estaban en el autobús, y se marchó.

Tras comprobar que todos y cada uno de los que allí había llevaban ropa del grupo, River pensó que no había sido tan mala idea ponerse una camiseta, después de todo. Al menos, no destacaba entre ellos.

El autobús era de tamaño medio y allí no habría más de veinte personas.

—Pensaba que iría más gente —comentó River.

—Esto es exclusivo del club de fans —contestó Sun Hee—. Solo había pocas plazas y para los miembros VIP.

—Claro, claro.

Su concepto de VIP era erróneo, porque siempre que escuchaba esa palabra, solía ser por parte de Skylar hablando de algún cliente del hotel que era todo glamur, no gente vestida de negro y con chaquetas de cuero.

Se colocaron en la cola detrás de un par de chicas que iban tan o más recargadas que Sun Hee, y que las miraron sonriendo.

—Qué bien, dos chicas más —comentó la primera.

—Ya pensábamos que seríamos las únicas —dijo su amiga—. Siempre hay mayoría de chicos. —Extendió la mano—. Soy Mandy, y ella Selena.

Sun Hee se la estrechó, sonriente al encontrar a alguien que parecía su reflejo andante, quitando que no tenía los ojos rasgados, obviamente.

—Sun Hee y River —dijo, señalando a su amiga—. Y lo mismo digo, es raro encontrar chicas con buen gusto.

Todas rieron y River sonrió. Bueno, al menos aquellas dos parecían majas… y entonces Sun Hee les preguntó quién era su miembro del grupo favorito, lo que inició una conversación en la cual se perdió a los cinco minutos. Las chicas intercambiaban datos y estadísticas como si estuvieran hablando de algún proyecto de ciencias, seguro que si iban a algún concurso ganarían. Como había hecho Sun Hee en la radio, claro.

Entonces, llegaron al pie de la escalera del autobús y vio que había un hombre esperando con una tablilla y un bolígrafo.

—¿Nombre? —preguntó.

Mientras Mandy y Selena daban sus datos, ella le echó un vistazo por encima. Era mayor que ellas, no le pegaba nada ser organizador de un evento como aquel. De pelo muy negro, delgado y bastante alto, que cuando llegó a su altura tuvo que levantar la vista para mirarlo y… porras, ¿por qué le pasaban esas cosas? Estaba serio, llevaba la barba salpicada de canas y tenía unas arruguitas alrededor de esos ojos oscuros que…

—Sun Hee Kim y River Hall —escuchó decir a la coreana.

Tragó saliva y carraspeó.

—Sí, eso, yo —dijo—. River, presente.

Él la miró, apartó la vista al segundo e hizo una marca en la lista.

—Podéis subir.

—Gracias.

Se lo quedó mirando, y Sun Hee tuvo que tirar de ella para que subiera la escalerilla.

—¿Te pasa algo? —le preguntó.

—No, no, nada.

Siguió a Sun Hee hasta los asientos asignados. Las dos chicas de la cola estaban justo delante, lo que hizo que tanto ellas como Sun Hee lanzaran exclamaciones de alegría. La coreana ocupó la ventanilla y ella el pasillo, desde donde observó al resto del autobús.

Acababa de subir una pareja joven, y el resto eran chicos. En la última fila se habían colocado unos cuantos que iban juntos, o eso parecía por la forma animada en la que hablaban entre ellos; en la fila de al lado, más chicos, y uno que no tenía precisamente buena cara.

Al ver que lo estaba observando, él la miró con cara de pena.

—No me gustan los autobuses —confesó.

—Ni los coches, ni nada con ruedas —intervino su amigo, asomándose desde el asiento de al lado—. Soy Roy, y él Percy. Tranquila, solo se marea.

—Pero si no hemos arrancado.

—Eso da igual, ya me imagino al autobús moviéndose y me pongo malo.

Según lo decía, se ponía pálido, así que River lo creyó. Su amigo le dio una palmadita y señaló tras ellos.

—Estamos cerca del baño, tranquilo.

El chico afirmó y fijó la vista en el techo, con cara de angustia. Pues menudo viajecito le esperaba al pobre, pensó River.

Tras un par de chicos más, el encargado del viaje subió al autobús y River volvió a recorrerlo con la vista, sin poder evitarlo. Bueno, tampoco parecía tan mayor, ¿no? No como el Gran Doctor, que le llevaba veinte años… No, nada que ver. Desde luego que al veterinario no le quedaban tan bien los vaqueros como a ese, no.

—¿Tú qué opinas, River?

Ella parpadeó y miró a Mandy, que, aparentemente, esperaba su opinión sobre algo de lo que no se había enterado.

—Eh… Sí, Strigoi son los mejores —contestó.

—Hablábamos del *set list* —aclaró Selena.

—A River le da igual, le gustan todas —Sun Hee acudió en su rescate.

El encargado cogió un micrófono y se apoyó en el salpicadero para hablar, mirando hacia los pasajeros.

—Buenos días a todos —saludó—. Mi nombre es Jake y seré vuestro… bueno, el encargado de este viaje. Él es Leroy, el conductor. —El susodicho agitó una mano, sin ni siquiera asomarse—. Bien, pues salimos en cinco minutos hacia Nashville y haremos una parada a mitad de camino para comer algo. Una vez allí, os dejaremos cerca del estadio y el mismo lugar será para la recogida, por lo que no hay pérdida.—Miró el papel que tenía con la lista y le dio la vuelta, pero no había nada anotado al otro lado—. Y eso es todo. ¿Alguna pregunta?

Sun Hee levantó la mano al instante, poniéndose de pie para que la viera bien.

—¿Sí, señorita…?

—Sun Hee, por Dios, que soy joven.

—¿Cuál es la pregunta?

—Pondréis música, ¿no?

—Strigoi, Strigoi, Strigoi —empezaron a corear desde la última fila.

Jake elevó las manos para pedir que se callaran, aunque le costó un par de intentos.

—Nada de música, no quiero que se desconcentre el conductor. —Ignoró la mirada de sorpresa que le lanzó este—. Usad vuestros móviles, Ipods o lo que sea que tengáis.

Hizo ademán de sentarse, pero River levantó la mano y él la señaló con el dedo.

—River —le recordó ella, por si acaso—. ¿Qué años tienes?

Él elevó una ceja, sorprendido.

—¿Qué tiene que ver eso con nada? —preguntó.

—¿Qué haces? —le susurró Sun Hee.

—Es curiosidad, ejem, por… me gusta hacer medias de las cosas y por ver la media de edad del bus, y…

—Cuarenta y cuatro.

¿Qué era, matemática? Desde luego, uno no sabía qué se iba a encontrar, la chica tenía pinta de cualquier cosa menos de experta en cálculo. Que tampoco era que tuviera una imagen precisa de alguien así, en realidad. Al momento, empezó a escuchar a todo el mundo lanzando gritos con sus propios números y que la chica, aturullada, se sentaba en el asiento, así que decidió aprovechar para ultimar detalles con Leroy. Había llegado justo para empezar a recibir a la gente y tenía pendiente revisar el itinerario y las cuatro cosas básicas que siempre le gustaba comprobar antes de un viaje, él era una persona muy organizada y no dejaba nada al azar.

—¿Tienes claro el itinerario? —le preguntó.

—Yo no, esto. —Le dio unos golpecitos al GPS del autobús—. He metido los datos y ya.

—¿No tienes un mapa?

—¿Para qué?

—Para revisarlo.

—¿Qué estamos, en los ochenta? Esto nos llevará hasta Nashville, tranquilo. Ni que fuéramos a Alaska…

A él le gustaba tener siempre un plan B, pero como Leroy estaba tan convencido y, de todas formas, tenían sus móviles, decidió dejarlo pasar.

—¿Ruedas? —preguntó.

—Cuatro, como todos.

—Me refiero a las de repuesto.

—Ah, esas. —Se frotó la frente y se recolocó la gorra, tras pensar unos segundos—. Sí, claro, abajo.

—No pareces muy seguro.

—Que sí, hombre, que pasamos una revisión hace un mes. O dos, no me acuerdo. Si no te fías, estarán los papeles por aquí.

Abrió una guantera junto al volante y varios papeles arrugados cayeron al suelo, así como un mechero medio roto, un par de paquetes de tabaco y uno de chicles.

Jake observó todo aquello y sacudió la cabeza, sin ninguna gana de tocar nada que hubiera salido de ese hueco.

—Entonces no te pregunto por el nivel de aceite ni el depósito de gasolina…

Leroy golpeó el panel de mandos y a Jake le pareció que las agujas indicadoras se movían de forma aleatoria, aunque al mirar de nuevo y verlas quietas, pensó que sería cosa de su imaginación.

—¿Las pantallas tienen instrucciones?

—Sí, en cuanto se encienden. A no ser que alguno sea muy lerdo, no habrá problema.

Mientras lo decía, escucharon uno cuantos eructos y los dos miraron hacia atrás. Los chicos de la última fila rieron.

—Perdón, perdón —se excusó uno, tapándose la boca—. Estábamos haciendo una competición.

—Mejor eso cuando no estéis en el autobús.

—Bien, retiro lo dicho —dijo Leroy—. Probablemente tengas que ayudar a alguno.

—Vale, ¿la llave del baño?

—Aquí. —Jake alargó la mano, pero Leroy no le entregó nada—. Y aquí se queda.

—¿Perdona?

—Es que está estropeado.

—¿Qué dices? ¿No acabas de asegurarme que había pasado una revisión?

—Sí, y eso no lo pasó, quedó pendiente de solucionar. A ver, que tampoco es tan grave, no llevamos niños ni ancianos, la gente debería ser capaz de aguantar.

En ese momento, un chico pálido y sudoroso levantó la mano, y Jake lo señaló.

—Dime.

—Necesito ir al baño a vomitar.

—Pues no funciona, chaval —dijo Leroy, quitándole el micrófono a Jake—. Esto como en el cole, el que necesite ir, que vaya ahora o se espere dos horas.

Al momento, todo el autobús se revolucionó y unos cuantos avanzaron por el pasillo para salir por la puerta, aún abierta, y dirigirse a los baños públicos. El pobre chico pálido necesitó varios intentos para poder pasar, y cuando por fin se puso en pie, ya tenía mejor aspecto.

Cuando pasó a su lado, Jake lo cogió del brazo para examinarlo y le tocó la frente, que no tenía caliente.

—¿Estás enfermo? —preguntó—. Porque quizá deberías quedarte, no vayas a infectar a todo el autobús.

—¡A lo apocalipsis zombi! —gritó justo uno de los que acababa de bajar del grupo de atrás—. Solo que, en lugar de morder, vomita, y entonces a otro le da asco, y vomita a su vez, y entonces…

El chico tuvo una nausea y Jake lo ayudó a bajar, mirando al gracioso con cara de pocos amigos.

—Menos gracietas, ¿vale? —Observó que todos estaban fumando—. ¿No vais al baño?

—¿No es eso un eufemismo para fumar? —contestó otro.

Uno de sus amigos le dio un codazo, partiéndose de risa.

—Tío, qué palabras más raras conoces.

—Perdona a mi amigo —dijo Roy—. Percy se marea en una colchoneta de playa.

—Si aún no hemos arrancado…

—Su cerebro va por delante, es un adelantado a su tiempo.

Se encogió de hombros y fue a ayudarlo, porque el pobre solo había dado un par de pasos y se sujetaba el estómago con una mano y mantenía la otra en la boca, aunque parecía que no iba a vomitar, solo tenía espasmos. Poco a poco fueron avanzando hacia los baños, donde desaparecieron.

—Nos espera un viaje interesante —comentó Leroy, con tono calmado, desde dentro del autobús.

—No me digas. —Jake dio un par de palmadas—. Venga, cinco minutos, que ya vamos con retraso.

—¡Eso, eso! —exclamó Sun Hee, desde su asiento—. ¡Mételes prisa, que hay que llegar pronto!

—Chica, que llegamos de sobra —le dijo Mandy.

—Es que Sun quiere… —empezó River.

Su gran amiga le pegó tal codazo que la morena se quedó callada al instante y la miró, mosqueada, frotándose el costado.

—No cuentes mi plan secreto —le susurró.

—Es mejor llegar pronto, sí —dijo Mandy, apoyándose en el asiento para que solo ellas la oyeran—. Hay que ir a la cola cuando todos están comiendo.

Emocionada, Sun Hee se levantó para abrazarla por el respaldo. Aquello era sintonía y lo demás tonterías, ¡qué suerte tenían de coincidir con dos chicas así! Podrían hacer juntas la cola, turnarse para guardar el sitio si necesitaban ir al baño… ¡era perfecto!

Poco a poco, todo el mundo regresó al autobús y Jake esperó a que estuvieran sentados para coger de nuevo el micrófono.

—Tenéis pantallas para distraeros, así que todos sentados y quietos, a ver si tenemos un viaje tranquilo.

Le hizo un gesto a Leroy, que cerró la puerta. Metió la llave, la giró… y el motor emitió un sonido extraño.

—Tranquilo, es normal —explicó, al ver la cara de susto de Jake.

Efectivamente, al segundo giro se escuchó algo parecido a un estallido, Jake vio una extraña humareda proveniente de la parte de atrás, y por fin el vehículo comenzó a moverse.

Tras asegurarse de que cogía bien la primera salida, Jake buscó en el compartimento junto a su asiento unas cuantas bolsas de papel y se las acercó al chico pálido, que las cogió agradecido.

—Espero que no me hagan falta —comentó, tragando saliva.

—Yo también.

—Eh, eh —gritó uno de los de atrás—. Tío, que mi pantalla no funciona.

Jake cogió aire, se armó de paciencia y se dirigió hacia la parte de atrás.

Según pasó por su lado, River lo siguió con la mirada y asomó la cabeza por el asiento para verlo por detrás. Craso error: la visión no era peor allí, y encima se fijó que la camiseta negra de manga corta le quedaba igual de justa por un lado que por otro.

Porras.

Y entonces, un codazo en el costado hizo que se pusiera derecha. Le devolvió el golpe a Sun Hee, molesta por haber sido interrumpida de esas maneras.

—Joder, tía, no te pases —avisó—. ¡Qué violenta estás!

—No te pases tú, que te conozco.

—¿A qué te refieres?

—A que le estás echando miraditas al guía, encargado o lo que coño sea ese tío.

—Que no…

—Venga ya, ¿es que no aprendes nada? Con los chicos tan monos que hay por el mundo… —River elevó una ceja, haciendo un gesto con la mano a su alrededor—. Vale, aquí ahora mismo no hay ninguno, pero vamos, que ese tío es mayor.

—Pues no, graciosa, ya has visto que ha dicho que tiene cuarenta y cuatro.

—Claro, y eso es prácticamente tu edad.

—Es más joven que el Gran Doctor, y…

Jake pasó de vuelta junto a ellas, echándoles un vistazo, a lo que River le sonrió con cara de inocencia.

—Este viaje es para ir a un concierto, no te desconcentres —le recordó Sun Hee.

—Tranquila, hija, que solo le echado un ojo, ni que me hubiera dado un flechazo.

Que tampoco sería tan raro, ella era mucho de eso… Cogió los auriculares y encendió la pantalla, buscando así la forma de distraerse, aunque mientras esperaba a que comenzara una película, su mirada se desvió a la primera fila. Solo le veía el perfil, pero…

Se cruzó de brazos, fastidiada, y miró la pantalla. Haría caso a Sun y pensaría en el concierto, que tampoco le quedaba otro remedio rodeada como estaba de todos aquellos fans.

Solo eran unas cuatro horas de viaje, seguro que pasaban rápido, y cuando volvieran, estaría demasiado cansada para mirar siquiera al encargado de marras.

Seguro.

.

CAPÍTULO III

No llevaba ni media hora de película cuando River se quitó los cascos, aburrida. No conseguía concentrarse en la pantalla porque, por un lado, Sun Hee seguía de charla con las dos chicas de delante y, a pesar de los auriculares, le llegaba el sonido de sus voces; por el otro, Jake se había paseado unas cuantas veces pasillo adelante y atrás para ir a ayudar con sus pantallas a diferentes pasajeros, y ya había memorizado lo bien que olía.

Lo cual no ayudaba, porque no usaba ninguna colonia de esas asquerosas que echaban para atrás, no, sino alguna de las que lograban el efecto contrario. Si no fuera porque se conocía, podía achacarlo a eso, pero no. Lo único que podía hacer era ignorarlo o, como último recurso, darle conversación y comprobar que era un imbécil; eso eliminaba al segundo los flechazos, aunque era arriesgado puesto que podía ocurrir lo contrario, así que, por el momento, seguiría con la primera opción.

—Tío, me encuentro fatal —escuchó que decía Percy.

Lo miró, y su cara desde luego que no auguraba nada bueno. Tenía una bolsa de papel en la mano y metió la cabeza dentro, para sacarla negando.

—Nada, que no me sale —suspiró—. Necesito aire.

—Pues aguanta un rato, que aún es pronto para parar —le dijo su amigo—. ¿Por qué no intentas escuchar música o ver una película?

—No, no, que eso es peor.

Se llevó la mano a la boca y de nuevo, metió la cabeza en la bolsa. River lo estaba pasando mal por él, porque estar así de mareado y encima no vomitar… Menudo viaje.

—¿Y si te metes los dedos? —le sugirió Roy.

Como impulsada por un resorte, River se levantó y agitó la mano. Vamos, ni loca iba a ser testigo de cómo un tío se metía los dedos en la garganta y vomitaba.

—¡Jake! —llamó—. ¡Jake!

Sun Hee tiró de su manga para que se sentara, mirándola extrañada.

—¿Qué haces? —le preguntó.

—Hay una emergencia.

—Mira, que te conozco, y si es para…

—¿Qué ocurre?

Sun Hee se calló al ver que Jake ya estaba allí, mirándolas con cara de paciencia. Por su parte, River agradeció tener el color de piel tan oscuro en un momento como ese, porque era complicado que alguien notara que se ruborizaba.

—Hola —le dijo.

—Hola. ¿Qué necesitas?

«Un balde de agua fría», pensó ella.

—¿No había una emergencia? —le recordó Sun Hee—. ¿O busco un cubo de agua?

—¿Agua? —repitió Jake, extrañado y sin entender nada.

River le dio un codazo a Sun Hee, esta se lo devolvió, y acabaron enlazando los brazos para evitar golpearse mutuamente.

—¿Cuál es la emergencia? —preguntó Jake.

—Ah, él.

Alargó el brazo para señalar a Percy. Al hacerlo, rozó la cadera de Jake y se quedó quieta, sin saber si moverlo o no. Él se giró y, como River seguía con el brazo ahí extendido, el movimiento hizo que le tocara más cadera y parte de lo que no era. Rápida y veloz, al ver que su mano estaba sobre el bolsillo trasero de su pantalón, la quitó.

Jake se apartó para ir a hablar con los dos chicos, y River se cruzó de brazos.

—Ay, River, eres de lo que no hay —comentó Sun Hee, moviendo la cabeza.

—No sé a qué te refieres.

—Joder, tía, que te he visto, ¡le has tocado el culo!

—¿A quién? —preguntó Mandy, que estaba sentada en la ventanilla para poder hablar con Sun Hee.

—No jodas, ¿al tipo ese? —inquirió Selena, de rodillas en el asiento.

—Que no imaginéis cosas, que ha sido sin querer.

—Mal no está —comentó Mandy, bajando la voz mientras le echaba una mirada—. No sé, ¿un poco mayor?

—Qué va, si solo nos lleva quince años.

—Eso no es nada para River —aclaró Sun Hee, al ver sus caras—. Le van mayores.

—Bueno, mirándolo bien… —dijo Selena, pasando la vista por el encargado con detenimiento—. Te entiendo, yo le haría un favor.

—Pero vamos a ver, ¡que no le he metido mano! —siseó River—. Dejemos el tema ya. Seguid a lo vuestro, que Strigoi da para muchas horas.

—Y que lo digas.

Satisfecha al ver que volvían a su conversación sobre no sabía qué álbum, River sacó su móvil para buscar música que no fuera Strigoi y ponérsela.

Mientras tanto, Jake miraba a Percy sin saber bien qué hacer. El chico seguía con aquella cara de zombi maltrecho, pero las bolsas de papel continuaban intactas y le aseguraba que estaba bien, para al momento tener arcadas y meter la cabeza en la bolsa.

—Va a estar así todo el rato —advirtió Roy.

—Quizá si tomo el aire… —comentó Percy—. O un refresco, a veces el azúcar me calma.

—Todavía falta hora y media para parar —se negó Jake, tras consultar su reloj.

—¿No podría ser antes?

—Hay un horario que cumplir.

Sun Hee elevó el codo para utilizarlo contra River y llamar su atención, pero ella estaba atenta y la esquivó.

—¿Lo estás oyendo? —le dijo, señalando a Jake—. Es un tío de esos que les gusta el control, un planificador. Y esos no te van.

—Sun…

—A ver, por mí mejor que no pare, que perdemos tiempo. Pero piensa en el pobre chaval, lo mal que lo está pasando.

La verdad era que un poco flexible ya podía ser el hombre, sí, y si de empatía tenía poco… bien, le podía servir para bajar puntos, que era lo que necesitaba.

—Tienes las bolsas —seguía diciendo Jake—. Y no veo que hayas usado ninguna, así que puedes aguantar.

—No sé yo… —se quejó Percy.

—¿No puedes ser un poco flexible? —intervino River, sin poder evitarlo.

Jake la miró, elevando una ceja.

—¿Perdona?

—Bueno, digo, no sé, parar antes.

—Entonces llegaríamos tarde.

—No si la parada es más corta —intervino Sun Hee que, por un lado, sentía pena por el chaval, y por el otro, tampoco quería salirse de su plan.

—Las paradas van asociadas a los descansos del conductor, no es cosa solo mía, y si paramos muy pronto, quizá luego necesite parar otra vez.

Sun Hee decidió callarse entonces, no fuera a acabar saliendo perjudicada por defender a un chico al que ni siquiera conocía.

—Bueno, quince minutos no han matado a nadie —replicó River.

Y entonces cerró la boca, recordando la despedida y que esos minutos de diferencia habían conseguido que una llegara tarde o ellas mismas no pudieran coger el autobús cuando les robaron el coche.

—Deja de insistir —susurró Sun Hee—, que si no perderemos tiempo de cola.

—Para meterte con él por ser un controlador del tiempo, bien que corres, y tú eres peor —le susurró ella de vuelta—. Estás pensando en una cola que ni siquiera sabes si existe.

—Eso duele, ¡pues claro que existe!

—Veré qué puedo hacer —dijo Jake.

Las dos lo miraron. Se habían puesto a susurrar entre ellas sin darse cuenta de que él seguía allí de pie, mirándolas.

—Vale —dijo River, tras tragar saliva.

Jake suspiró, miró de nuevo la hora y se dirigió al frente del autobús para hablar con Leroy.

—Oye, tengo una situación —informó—. Hay un chaval mareándose.

—No pienso limpiar vómito.

—Tiene bolsas, tranquilo. Pero estaba pensando en que quizá podríamos parar un poco antes para desayunar, a ver si se le pasa. Vamos bien de tiempo.

Leroy se encogió de hombros.

—A mí plin, yo solo conduzco. Tú eres el encargado.

—Vale, pues paramos en la siguiente área de servicio.

—Acabamos de pasar una. —Señaló la salida por la ventana—. La siguiente, en media hora.

—Vale, pues paramos en media hora, entonces. ¿Necesitarás volver a parar?

—No soy futurólogo.

—Pero sabrás lo que dice el protocolo.

—Que una parada cada dos horas, así que… calcula tú, que yo soy de letras. O bueno, de nada, en realidad, soy de ruedas.

Le guiñó un ojo. Jake no se rio, porque no veía la gracia por ningún lado. Según eso, obviamente, tendrían que parar de nuevo.

—Tranquilo —añadió Leroy, mientras se metía un chicle en la boca—. Luego le piso bien y ya está.

—Hombre, tampoco quiero volver con alguna multa.

—Que controlo, hay un límite por encima que no detectan.

—Y también quiero que lleguemos ilesos.

—Bah, eso se sobreentiende.

Se encogió de hombros y Jake decidió volver a aquel tema más tarde, porque no tenía claro si el conductor bromeaba o no. Cogió el micrófono y lo encendió.

—Hola otra vez —dijo—. Vamos a hacer una parada para desayunar dentro de media hora, vamos bien de tiempo así que no nos retrasará porque no estaremos en el área más de quince minutos, ¿de acuerdo? Por si necesitamos parar de nuevo, que será lo más probable.

Más que por Leroy, también pensaba en el chaval; no se fiaba un pelo de que una hora después, no volviera a ponerse mal. Aquella era una variable que no había contemplado a la hora de organizar el viaje, y no le gustaba nada tener que estar pendiente de nadie.

Mandy y Selena comprobaron la hora y se volvieron a colocar para hablar con Sun Hee.

—Bueno, esperemos que sea así —dijo la primera.

—Yo no lo veo tan mal —observó Selena, mirando a River—. A ver si por su culpa…

—Oye, que estaba diciendo que iba a meterse los dedos —se defendió ella—. No creo que ninguna queramos eso.

Todas negaron al momento, con gestos de asco.

—Hola.

Las tres levantaron la vista, encontrándose con uno de los tipos que se habían aposentado en la última fila. Inconscientemente, River se movió en el asiento para alejarse un poco. Entre el pelo largo, los *piercings*, la camiseta de Strigoi que tenía agujeros del uso y los vaqueros necesitados de un lavado urgente, en fin, no era que le diera mucha confianza.

—¿Qué tal, nenas? Soy Emmet.

—Piérdete —le soltó Sun Hee, sin miramientos.

—Huy, huy, qué modales. —Él sonrió, sin amedrentarse—. Estoy con mis amigos JC y Carlos. —Los señaló, y ellos saludaron efusivamente—. ¿Nos vemos en la cafetería para charlar? Os invitamos a algo.

—No, gracias —contestó River.

Él se inclinó, sin dejar de sonreír, acercándose más para quedar entre las cuatro.

—No me refería a café.

Metió la mano en el bolsillo y les enseñó un par de porros y una bolsa de plástico pequeña con polvo blanco.

—Tenemos de todo, chicas.

—En serio, gracias, pero no.

—Tú, a tu sitio.

Al momento, Emmet se puso derecho al escuchar la voz grave justo a su lado y se giró, para casi chocarse contra Jake, que lo miraba con cara de pocos amigos.

—Estaba charlando con estas chicas tan majas —comentó él, levantando las manos de forma inocente.

—No se puede estar de pie con el autobús en marcha —replicó Jake.

—Tú lo estás.

Las chicas miraban el diálogo como si estuvieran en un partido de tenis, y ahogaron una exclamación ante la respuesta del chaval, que no parecía afectado lo más mínimo porque Jake le sacara una cabeza, tuviera el doble de envergadura y lo mirara como si fuera un insecto.

—Si no quieres que tu última parada sea el área de servicio, vuelve a tu asiento —le dijo, con tono firme.

—Vale, vale, qué seriedad, por Dios. —Lanzó un beso a las chicas—. Os veo luego, nenas.

Se fue con paso lento a su asiento, donde fue recibido entre aplausos por sus amigos.

Jake esperó a asegurarse que se quedaba allí antes de regresar al suyo de nuevo, no sin antes mirar de reojo a River al pasar. Aparte de que lo de estar de pie era cierto, no le había gustado nada que aquel tipo estuviera molestando a las chicas, porque por sus caras, ninguna estaba disfrutando de su compañía. Al subir, no se había fijado mucho en ellas. Al fin y al cabo, todo el grupo le parecía más o menos igual al ir vestidos de aquella forma, como si fueran a un colegio cuyo uniforme estuviera relacionado con Strigoi. Y entonces aquella chica de pelo rizado y piel oscura había preguntado por su edad, lo que lo dejó descolocado. Todavía se preguntaba a qué habría venido eso, porque encima le dio por pensar qué años tendría ella sin saber por qué. Durante un rato se distrajo de ese tema mientras explicaba mil veces a los tres pesados de los asientos traseros cómo funcionaban las pantallas, y entonces River lo había llamado. Que esa era otra, era un negado para los nombres y se había quedado con el suyo, misteriosamente. Sería algo del subconsciente, seguro, aquel pelo era inconfundible.

Cuando se había acercado esperaba más preguntas sobre la pantalla o alguna tontería parecida, y, sin embargo, le sorprendió con su petición para que ayudara a Percy. Pensaba que todos ahí iban cada uno a lo suyo y allí estaba ella, mostrando empatía.

Se giró para echar un ojo al escuchar unas risas, y comprobó que todo estaba en orden: los de atrás seguían en su sitio, la pareja dormía, y el resto charlaba.

Entonces River levantó la vista y sus ojos coincidieron un segundo, aunque un bache hizo que él se girara de nuevo hacia el frente para ver qué había pasado.

En su asiento, River decidió dejar de mirar al frente para evitar momentos como ese, se hundió un poco y sacó el móvil para meterse en el grupo de chicas.

River: «El autobús sin incidencias, vamos a parar enseguida a desayunar.»

Kat: «¡Dedos cruzados para seguir así! Que los autobuses nos tienen manía.»

Danni: «A ti los autobuseros no, jajaja.»

Kat: «Uno solo, que la media general no es buena. Oye, ¿cómo es el vuestro?»

River se quedó pensativa, puesto que no se había fijado en el conductor. Vamos, que ni se acordaba si era joven, viejo, o siquiera si era un chico o chica, que también podía ser.

Sun Hee: «Del conductor no le preguntéis, pero del encargado, hasta la talla del pantalón.»

—Tía, no te pases —le susurró.

Sun Hee se echó a reír y volvió a escribir.

Sun Hee: «Le ha tocado el culo.»

Kat: «¿Qué dices? ¿Está bueno?»

River: «Ha sido sin querer.»

Sun Hee: «Pues es un vejestorio, así que imaginaos.»

River: «Solo me lleva quince años, no veinte. Y no os montéis películas, que no hemos hablado siquiera.»

Kat: «Para algunas cosas ni hace falta, jaja.»

Skylar: «¿Ya estás con un flechazo de los tuyos? River, que ya sabes cómo suelen acabar.»

Ella apretó los labios, porque Skylar tenía razón. La mayoría de las veces, sus flechazos terminaban acabado mal, puesto que una cosa era la atracción física instantánea y otra la personalidad, y en eso ella no era muy buena juez, siempre terminaba con imbéciles.

River: «Vamos a ver, que esto es un autobús y vamos a un concierto, no va a pasar nada, exageradas. A ver si una ya no va a poder mirar a un tío sin que os penséis que me lo quiero tirar.»

Sun Hee la miró y le dio una palmadita cariñosa.

—Que estamos de broma, cariño —aclaró.

—No, si ya. —Apoyó la cabeza en su hombro—. Es que estoy susceptible, sé que me avisasteis mil veces por lo del Gran Doctor y que debería haberme ido antes de la puñetera consulta, pero no sé, pensaba que podría seguir trabajando con él como si nada.

—Un segundo, ¿es que lo del trabajo te duele por él, entonces?

—No, no, qué va. Lo tengo olvidado, superado y tachado, aunque eso no quita que siga pensando que fui una idiota y que debería haberos escuchado antes.

Sus móviles vibraron y las dos los miraron.

Kat: «Pues si necesitas votación, avisa. Que te entiendo, los autobuses tienen un algo, y no voy a entrar en detalles.»

Emoticonos de guiño, a lo que River sonrió mientras leía cómo las demás le contestaban sobre aquello y cómo demasiada información no era necesaria.

Notaron que el autobús reducía la velocidad, y al mirar por la ventanilla, vieron que estaba tomando una salida para dirigirse a un área de servicio. Se detuvo en la zona designada a autobuses y Jake avisó por el micrófono de que podían bajar, recordando el tiempo límite de quince minutos.

El primero en salir, rápido a pesar de su aspecto general de angustia, fue Percy, con Roy detrás llevándole la chaqueta.

Jake se quedó hasta que todos hubieron bajado y descendió con Leroy, que sacó un paquete de cigarrillos. Pegó el chicle en un lado del mismo y se encendió uno.

—Voy a por un café —le informó Jake, decidiendo no comentar la asquerosidad que le parecía aquello del chicle—. ¿Te traigo uno?

—No, que me altera.

Jake no supo qué contestar a aquello y se alejó para entrar en la cafetería. En un rápido vistazo vio que todos los pasajeros estaban repartidos por las mesas, menos Percy y Roy, que debían estar en el baño, y se dirigió a la barra para pedir.

Las chicas estaban con sus cafés cuando Emmet se acercó de nuevo.

—Creo que antes nos han interrumpido —dijo.

—A ver, tío, que no queremos conversación —replicó Sun Hee.

—Es que mis amigos y yo tenemos un grupo, Stringulus. Hacemos homenaje a Strigoi.

—¿Y ese nombre? —inquirió Mandy.

—Fácil, mezcla de Strigoi y cunnin…

—Vale, entendido —interrumpió River—. Da igual, no nos interesa.

—Necesitamos ayuda para el *set list* —siguió él, poniendo cara de pena—. Y hemos pensado que con fans verdaderas como sois vosotras, podremos crear una buena lista para los conciertos.

Aquello debió ser como una contraseña para atravesar la barrera que habían creado todas, porque Selena afirmó con la cabeza y Sun Hee suspiró, no pudiendo resistirse a intervenir en algo así.

—Vale —dijo la coreana—, ¿qué duda tenéis?

Emmet emitió un agudo silbido y sus amigos corrieron raudos y veloces a sentarse con ellas, todo sonrisas, arrastre de sillas, pelos largos despeinados y arrimándose más de lo socialmente necesario.

River se levantó y señaló a la barra.

—Ahora vengo —dijo.

Sun Hee afirmó con la cabeza y se giró hacia el tal JC, que le estaba preguntando sobre alguna canción.

Dubitativa, River fue hasta la barra con su taza de café y se colocó junto a Jake, que la miró sorprendido.

—Hola —saludó ella.

—Hola. —Miró hacia la mesa y frunció el ceño—. ¿Os están molestando?

—No. —Se encogió de hombros—. Bueno, yo qué sé, es que es oír la palabra Strigoi y parece el «ábrete, Sésamo» para que se vuelvan todos locos.

Jake ladeó la cabeza, mirando su camiseta, aunque levantó la vista con rapidez para que no pensara que estaba mirando otra cosa. Ella se dio cuenta, y tocó la tela para estirarla como si estuviera incómoda.

—No es mía —le explicó—. Es de mi amiga Sun Hee, ella es la fan. Yo solo la acompaño.

—Con el precio que tienen las entradas, muy buena amiga debes de ser.

—Le tocaron en un concurso y soy la única a la que consiguió convencer. —Sonrió—. O más bien, la única que no encontró una buena excusa a tiempo.

—Eso me suena.

Le sonrió a su vez, y River pensó que ojalá no lo hubiera hecho, porque estaba monísimo con aquellas arruguitas alrededor de los ojos acentuadas por el gesto y toda la idea que se había hecho (o querido hacer) de que era serio, desaparecía con aquella expresión. Debería volver con Sun Hee y el grupo de chalados, pero…

—¿Por qué lo dices? —le preguntó.

—Yo no debería estar aquí, sino mi hermana. Se puso mala ayer a última hora con gripe y no ha dado tiempo a encontrar a otro para ocuparse de… —La miró, y luego al resto—. Bueno, de estos maravillosos fans.

—Puedes llamarles lo que quieras, yo también pienso que a mi amiga le falta un tornillo. —Rio—. Pero oye, si es feliz y no hace daño a nadie, pues nada, hay que seguirle la corriente. Todos tenemos nuestras pequeñas locuras, supongo.

Y la suya eran los hombres mayores de sonrisas sexys, qué le iba a hacer.

—Sí, tienes razón, yo diría que esa es la definición de la amistad: aguantar las rarezas de tus amigos y ellos las tuyas.

Jolín, ¿y encima no discutía con ella ni decía tonterías? Así mal iba, muy mal. Apartó la vista de él para tomar un sorbo del café.

—Diría que eso vale para esos tres —continuó Jake, señalando con su propia taza hacia el trío de chicos que se había sentado con ellas—. Aunque creo que ellos comparten la tontería, no puedo ni distinguirlos.

—No, la verdad es que son iguales. —Lo miró de reojo—. Entonces… ¿trabajas con tu hermana en la empresa de autobuses?

—No, no exactamente. Tenemos una empresa que organiza eventos y viajes de este tipo, y yo me encargo de todo el tema de oficina y papeleos. —Se encogió de hombros—. La parte aburrida, digamos. Tenemos gente contratada de guía y encargados, pero a Alice le gusta ocuparse de algún que otro encargo, y este era uno. Ayer cuando se puso enferma estuvo llamando a unos cuantos empleados, pero se ve que todos tenían una muy buena excusa, porque no hubo manera y al final, me ha tocado a mí.

—Qué mala suerte.

Levantó la vista y, de nuevo, sus ojos se encontraron.

—Sí, muy mala —murmuró él.

Su móvil pitó, sobresaltando a ambos, y él lo miró.

—Es la hora, había puesto una alarma para no pasarnos del tiempo. Voy a avisar.

Se tomó el café de un trago y River lo imitó. Regresó a la mesa para avisar que debían marcharse mientras él hacía lo mismo con el resto de los pasajeros, y pronto estaban subiendo todos de nuevo al autobús.

Percy y Roy llegaron los últimos, el primero con mucho mejor color.

—¿Has vaciado el estómago? —le preguntó Jake, a ver si así evitaban el peligro.

—Qué va, pero estoy mejor —aseguró él.

—Es que le cuesta mucho vomitar —explicó Roy, moviendo la cabeza.

Estaban apañados, pensó Jake. En fin, a ver si era verdad y la cosa mejoraba. Subió tras ellos y recorrió el pasillo con la lista en la mano para comprobar que no faltaba nadie, sonriendo a River al pasar a su lado, gesto que no pasó desapercibido para Sun Hee.

—¿Qué ha sido eso? —preguntó la coreana a su amiga.

—¿El qué?

—Te ha sonreído, ¿de qué habéis hablado en la barra?

—De nada raro, resulta que él también está aquí por hacer un favor a alguien, en su caso su hermana. La empresa es de los dos y ella se ha puesto enferma. ¿Ves? Una buena persona.

—Una buena persona veinte…

—Quince.

—Quince años mayor. Así que está en tu prototipo de…

—Tío bueno.

—De relación que acaba mal. Deberías charlar con JC, Emmet y Carlos, no son tan imbéciles como parecían.

—Si son unos críos.

Sun Hee se cruzó de brazos y la miró, con una sonrisa burlona.

—Perdona, que tienen veinte años.

—Pues eso.

—O sea, que la diferencia de edad solo vale si es el tío el mayor, ¿no? —se burló.

River le sacó la lengua, porque sabía que solo quería picarla en realidad. Se asomó por el asiento, echó un ojo a los asientos traseros… y los vio pegándose con unas pajitas a modo de espadas.

—Sí, tienes razón —dijo, colocándose bien de nuevo mirando al frente—. Donde estén unos yogurines, que se quite un queso curado.

—Madre mía, no empieces tú también con metáforas de comida que todavía estoy loca con el tema ese de las ostras y los peces del amigo de Corey, ¿tú lo has entendido?

—Ligeramente. El que es insoportable es el otro, el pequeño.

—Sí, la verdad, no sé cómo Corey le aguanta, con lo majo que es.

—Supongo que eso es la amistad, soportarnos las rarezas.

Al decirlo, miró hacia delante, al brazo de Jake apoyado en el asiento, y sonrió.

—Eso será —corroboró Sun Hee—. En fin, pues no te insisto con los yogurines, y eso que no son mal partido, que tienen un grupo de música y todo.

—Claro, claro, eso tiene mucho futuro.

—La pena es que ninguno se parece a Dennis ni en el blanco del ojo. —Suspiró—. Lástima. Podría haber encontrado mi alma gemela.

River la miró como si estuviera loca, porque si ella lo tenía difícil, con su preferencia por los mayores, lo de Sun Hee era un imposible, a no ser que alguien creara un clon de Dennis Brody.

—Ay, Dios, se me revuelve el estómago otra vez —dijo Percy.

Las cuatro chicas, que eran las que estaban más cerca, lo miraron asustadas, y él hizo un gesto tranquilizador enseñándoles las bolsas de papel.

—Estoy preparado —musitó.

Desde la primera fila, Jake lo escuchó hablar y se giró para mirar, temiendo lo peor. Al ver que estaba pálido, pero no verde todavía, dedujo que tenían al menos un rato antes de que comenzara a dar la matraca otra vez con parar o vomitara por fin.

—¿Cómo va el tipo? —preguntó Leroy.

—Igual.

El conductor se había vuelto a meter el chicle ya mascado, y movía la mandíbula sin cesar con parsimonia.

—Vale, pues la fregona está en el maletero.

—¿No has dicho que no pensabas limpiar?

—Claro, te estoy informando a ti que, en ese caso, serás el interesado.

Jake pensó en recordarle que, a fin de cuentas, el jefe ahí era él. Solo que era su hermana quien se encargaba de contratar a los conductores y nunca se metía uno en el trabajo del otro sin hablarlo antes, y tampoco le gustaba ir en plan «ordeno y mando» por la vida. Ya hablaría con ella a ver de dónde había sacado a aquel elemento, porque así sin más datos que los que tenía delante, no lo entendía.

—¿Nos vamos? —le preguntó.

—Sí, ya va, estoy preparando esto.

Entonces, se escuchó un pitido extraño y Jake miró a todas partes, hasta que vio a Leroy golpeando con el dedo la pantalla del GPS. El aparato se encendía y se apagaba, sin terminar de quedarse la imagen fija.

—¿Eso no va? —preguntó.

—Qué impaciente eres —replicó el conductor, arrancando el motor y reiniciando el GPS—. Mira, ¿ves? Ya está.

—Pero si no marca la dirección.

—Es que a veces se le va… Ahora la meto de nuevo.

Jake se pasó la mano por la cara mientras lo veía introducir los datos letra a letra, como si estuviera marcando algún código secreto. Tras un par de minutos, por fin el GPS marcó la ruta de nuevo y Leroy giró el volante para salir del área de servicio.

Bien, el retraso no había sido para tanto, pensó Jake. En marcha de nuevo, Percy sin vomitar y ningún pasajero perdido.

Todo iba bien.

CAPÍTULO IV

Jake abrió los ojos despacio y parpadeó con lentitud, consciente de que se había adormilado. Se frotó la cara, ligeramente avergonzado porque debería estar despierto en todo momento… bueno, ya no tenía remedio, de modo que se estiró.

—¿Qué tal el descanso? —preguntó Leroy—. Has caído seco.

—Sí, es que he empezado el día un poco estresado. ¿Todo bien?

—Todo genial.

—Vale, qué alivio.

Se frotó la cara y miró por la ventana. No era que se conociera el camino hacia Nashville de memoria, sin embargo, algo en el entorno le descuadraba: el paisaje era rural, muy rural, tan rural que…

—¿Hemos salido de la autopista? —preguntó, tratando de localizar sin éxito algún cartel que le indicara por dónde iban.

—Ah, sí. Hace unos cuarenta y cinco minutos.

—¿Hace unos…? —Jake se levantó para acercarse a él, con cuidado de no alzar la voz—. ¿Se puede saber por qué?

Leroy puso cara de disculpa.

—Es que no tenía el aparatito ese.

—¿Qué aparatito?

—La cosa esa que hace falta para pagar.

Se encogió de hombros como si su explicación fuera de lo más elemental. Jake aún debía estar atontado por el sueño, porque no daba crédito a lo que oía. ¿En qué momento y por qué se salía de la autopista para meterse por aquellas carreteras perdidas de la mano de Dios, que a saber dónde terminaban?

—¿Con cosa te refieres a dinero o a la tarjeta de crédito?

—No, hombre, al E-ZPass, el lector. Resulta que no lo tengo y en el último peaje solo se podía pagar con eso, de forma que he tenido que meterme por una carretera secundaria.

—¿Qué?

Leroy lo miró irritado. Al parecer, no le gustaba tener que repetir las cosas, sobre todo si consideraba que su explicación había sido lo bastante clara.

—Quiero decir, ¿por qué no me has despertado? —exclamó Jake.

—Parecías cansado.

—¡Soy el responsable del viaje!

—¿Tienes algún lector E-ZPass? —Jake negó—. Entonces, ¿qué importa?

Ahí tenía razón, pero no era su obligación llevar opciones para pagar los peajes de las autopistas, eso le correspondía al conductor. Claro, ¿qué podía esperarse de alguien que pegaba el chicle masticado en un paquete de tabaco?

—¿Y tarjetas? O dinero en metálico.

—No aceptaban. —Lo miró—. O bueno, no la mía, quizá es por las deudas… Bueno, ya da igual.

Jake cogió aire para intentar calmarse y pensar con la cabeza fría. No sacaría nada si se dedicaba a gritar, excepto preocupar a los pasajeros y, tal vez, hacer salir a flote una posible vena psicópata en Leroy.

—Calma, calma —susurró para sí, y carraspeó—. Bien, ¿dónde estamos?

—No lo tengo muy claro, pero vamos bien.

—¿Cómo vamos a ir bien si ni siquiera sabes dónde estamos? —Miró el panel, donde la pantalla del GPS estaba apagada—. ¿Y eso qué? ¿Lo has apagado tú?

—Claro —asintió, y al ver que Jake suspiraba aliviado, se apresuró a añadir—: No funcionaba.

—¿Que no funcionaba?

—No reconoce este tipo de carreteras, ya sabes. Quizá le haga falta una actualización, siempre me sale el mensajito y nunca le hago caso. Y los golpes no han servido de mucho.

Giró el volante para esquivar a un animal que corría por el lado derecho de la carretera mientras Jake reprimía las ganas de estrangularlo ahí mismo. ¿Acaso había obviado decirle que su GPS estaba sin actualizar o que no tenía el pase necesario? Pero ¿qué clase de profesional se ponía a trabajar sin los medios oportunos?

Y lo más importante, ¿dónde demonios estaban?

Volvió a atisbar por la ventanilla, preocupado. Incluso si iban en la dirección correcta, meterse por carreteras secundarias les iba a suponer un retraso lo bastante importante como para tener que informar a los viajeros.

Como no le apetecía ser linchado en medio de ninguna parte, decidió sacar su móvil para ver si su GPS era capaz de darle una aproximación de por dónde andaban. Metió los datos y aguardó, desesperándose al ver cómo el reloj giraba y giraba sin decir nada.

—Mierda —refunfuñó.

—¿No funciona? —Él negó—. Ya, es que la cobertura va y viene.

—¿Y no sabes decírmelo? —protestó Jake—. ¿Qué vamos a hacer?

—Las opciones son obvias: conducir hasta que lleguemos. No pasa nada, el concierto no empieza hasta la noche. Llegaremos igual, solo que más tarde.

¡Y se quedaba tan ancho! ¿Es que no comprendía que tenían un horario que cumplir?

Recorrió el autobús con la mirada, pensando cómo notificarles el cambio de ruta. La mayoría iban absortos en las pantallas o con la música puesta, porque nadie parecía haberse dado cuenta del abandono de la civilización.

Carraspeó para llamar su atención, hasta que todos se fueron quitando los cascos o abandonando las películas para escucharle.

—A ver, ¿alguien tiene GPS en el móvil?

Algunos se llevaron las manos a los bolsillos para comprobarlo, mientras que otros enseguida lo miraron con suspicacia.

—¿Por qué? —preguntó Sun Hee, incorporándose para apoyar las manos en el respaldo del asiento delantero y que así pudiera verla bien—. ¿Pasa algo?

—No, no, en absoluto.

—Un momento —intervino Mandy, mirando por la ventana—. Esto no es la autopista. ¿Es que nos hemos perdido?

—Pues… —Jake alzó las manos para tranquilizar el ambiente antes de que subiera la intensidad.

—¿A dónde nos lleváis? —preguntó Selena, sin dejarle hablar—. ¡Una vez vi una película donde secuestraban a los pasajeros de un autobús y luego los mataban!

Todos comenzaron a hablar al mismo tiempo, entre ellos y gesticulando en dirección a Jake, que puso cara de paciencia.

—A ver, callaos y dejadle hablar —intervino River, con el ceño fruncido—. Digo yo que, por mucho que gritemos, no se va a arreglar lo que sea que pase.

Le hizo un gesto, dedicándole una mirada amable para ver si así se relajaba; por su cara, parecía que fuera a sacar un bate o algo parecido.

Jake se aclaró la garganta y moduló el tono de voz.

—Ha habido un problema técnico —explicó—. Y «hemos» tenido que abandonar la autopista.

Lanzó una mirada de reojo a Leroy, que se encogió de hombros sin soltar el volante. No se le veía preocupado en exceso, la verdad, y a esas alturas, Jake no sabía si eso era bueno o malo.

—¡Entonces tardaremos mucho más en llegar! —protestó Sun Hee.

—Seguro que no mucho más, ¿verdad, Leroy? ¿Tienes alguna aproximación?

—Llegaremos cuando lleguemos —se limitó a responder él, con la mirada fija en la carretera a fin de esquivar piedras y demás dificultades en ese camino tan rural.

River manipuló su móvil, tratando de conseguir cobertura para poder utilizar el GPS.

—En cuanto vea un cartel o señal sabré dónde estamos con exactitud y podré daros una hora de llegada aproximada —añadió Jake—. Hasta entonces, calmaos y no deis guerra.

Sun Hee se desplomó en el asiento, cruzándose de brazos.

—¡Murphy no nos ha abandonado! —exclamó.

—Chist, no lo digas ni en broma, que eso es como llamarlo.

—¡No hace falta llamarlo, vive con nosotras!

—Tranquilízate, solo va a ser un pequeño retraso. —River le frotó el brazo con cariño al ver su expresión de tristeza—. No estamos perdidos, seguro que el conductor sabe lo que hace.

—Pues a mí no me da mucha seguridad que hayamos abandonado la autopista, chica. O no tenía pasta para pagar el peaje o ya me contarás tú que es eso del «problema técnico».

A River no se le ocurría qué más podía decirle a su amiga para que estuviera tranquila, porque lo cierto era que ella tampoco lo estaba. Miró por la ventana, a ver si encontraba cualquier señal, incluso un cartel semi oculto que pudiera pasar desapercibido, aunque no tuvo suerte.

Solo veía bosque y, de vez en cuando, una casa perdida entre tanto verde.

Levantó el móvil por encima de su cabeza, por si lograba captar alguna seña y, al momento, todos los pasajeros la imitaron. Jake observó la extraña estampa, digna de una foto: de no ser por la seriedad de la situación, hasta se hubiera reído.

Cosa que no iba a ocurrir, porque estaba bastante preocupado. A esas alturas, su confianza en Leroy se había desvanecido por completo, le molestaba admitir que no sabía hacia dónde se dirigían y que, seguramente, el conductor tampoco.

Para alguien como él, un maniático del orden, el viaje empezaba a volverse una pesadilla. Entre el follón que montaban los chicos de las filas traseras, el muchacho que no dejaba de marearse y Leroy, tenía el estómago encogido.

Llegar tarde ni se le había pasado por la cabeza: él nunca, jamás, llegaba tarde. Cuando trazaba una ruta, por muy sencilla que fuera, se seguía a rajatabla. Ya sentía el descuadre por la parada extra en el área de servicio anterior, con lo que aquello solo empeoraba las cosas.

Y a eso había que sumar el descontento de los pasajeros. Estaba convencido de que no tardarían en revolverse otra vez, no dejaban de mirarlo con el ceño fruncido, como si el retraso fuera culpa suya. Que algo de razón ya tenían, si hubiera comprobado que Leroy no llevaba el lector… en fin, habría hecho lo imposible por tener uno y aún seguirían en la cómoda y segura autopista. Además de quedarse frito, algo imperdonable.

Sun Hee sacó el móvil, buscó el grupo y comenzó a escribir.

Sun Hee: «No os lo vais a creer… adivinad quién se ha perdido.»

—No hay cobertura, Sun —le recordó River—. No pueden leerte.

—Ya lo harán después. Necesito contarle a alguien mi desgracia.

Siguió escribiendo sin cesar, durante un rato que a River se le hizo eterno. Madre mía, ¿qué estaría poniendo ahí?

Y cuando más concentrada se veía su amiga, se oyó una explosión y River notó que el autobús se movía de un lado a otro, zarandeando a todos al mismo compás.

—¡Nos estrellamos! —chilló Selena, metiendo la cabeza entre las manos.

—¿Nos disparan?

—¡VAMOS A MORIR!

—¡Voy a vomitar! —Ese fue Percy.

Con los gritos de fondo, River apenas podía oír nada. Sintió que el autobús se encaminaba hacia el arcén a medida que perdía velocidad y, durante unos breves segundos, temió que acabaran estampados contra algún árbol.

Sin embargo, el conductor fue frenando poco a poco hasta que, al fin, el vehículo se detuvo por completo a un lado de la carretera.

—¿Todo el mundo se encuentra bien? —preguntó Jake.

Los grupos comenzaron a destaparse los ojos y a asomar las cabezas, ya que la mayoría se habían replegado sobre sí mismos para minimizar el impacto. Al ver que estaban ilesos y el autobús entero, empezaron a levantarse de sus asientos.

—¿Estás bien? —le preguntó Sun Hee a River, y esta afirmó—. ¿Y vosotras, chicas?

—¿Qué ha pasado? —A Selena le temblaba la voz.

—¡Tranquilidad! —gritó Jake, para hacerse oír—. Parece que ha reventado una rueda, volved a sentaros y calma. Nosotros iremos a echar un vistazo.

Miró a Leroy, que a su vez miró tras él.

—Ah, ¿yo?

—Vamos a ver, eres el conductor, ¿sí o no? Esto es responsabilidad tuya, así que vayamos a echar un vistazo.

Sin esperar respuesta, Jake pulsó el botón para abrir las puertas y descendió. Serían cerca de las doce y el sol ya brillaba con fuerza, no tardaría en hacer calor.

Caminó hasta la parte trasera para examinar la rueda, comprobando que, en efecto, esta había reventado. Y de forma espectacular, además, puesto que toda la carretera estaba llena de trocitos de neumático, que allí no había forma de poner un parche provisional.

«Estupendo», se dijo Jake, frotándose la frente.

—Hemos sido nosotras —susurró Sun Hee, que tenía las manos apoyadas en el cristal y observaba la escena desde su asiento.

—No digas tonterías, ¿cómo íbamos a ser nosotras?

—Porque Murphy no ha terminado el trabajo, por eso. No parará hasta que estropee todos y cada uno de nuestros planes.

—Sun…

—¡Míralo! ¿Qué probabilidades hay de que nos perdamos y explote una rueda en el mismo trayecto? ¡Hazme caso, estamos malditas!

River no era supersticiosa, pero tampoco podía ignorar que el viaje no estaba saliendo muy bien precisamente.

Lo único positivo que encontraba era Jake, que le alegraba la vista. Bueno, en ese mismo momento no, que el pobre parecía de lo más angustiado mientras permanecía parado en mitad de la carretera contemplando el desastre. Se escurrió del asiento ante la atenta mirada de Sun Hee.

—¿Dónde vas?

—A ver si puedo ayudar.

Sun Hee meneó la cabeza, dejándola por imposible.

River bajó del autobús y se acercó a los dos hombres, que seguían observando la rueda (o más bien, la ausencia de ella) como si pudieran regenerarla con la mente.

—¿Es muy grave? —preguntó la chica, acercándose hasta quedar entre ambos.

Jake se giró, a punto de pegarle un grito para que regresara dentro. Lo único que le faltaba era que a su grupo le diera por desperdigarse por aquella zona, solo de imaginar que podía perder a alguno de ellos le daban mareos.

Sin embargo, al ver que era ella, se contuvo. La chica parecía ser de las pocas personas normales que había por allí, así que mejor si no la espantaba.

—Solo la rueda —comentó Leroy, con las manos en la cintura.

—En fin, será mejor cambiarla —dijo Jake, echándole una mirada.

—Estupenda idea —respondió él—. Te diré dónde está la de repuesto.

—Un momento, tú eres quien debería hacerlo. —Jake lo detuvo antes de que echara a andar—. ¿No es tu trabajo?

—Pues resulta que no he cambiado una rueda en mi vida, no tengo la menor idea de cómo se hace —se excusó Leroy, con cara de no sentirlo lo más mínimo.

Jake parpadeó, estupefacto. ¡Menudo premio se habían llevado con aquel elemento, no sabía hacer nada!

—Yo sé cómo se hace —intervino River, y ambos la miraron—. Bueno, es que cuando eres veterinaria te toca salir muchas veces a atender emergencias. Y sí, también se pinchan ruedas en esas ocasiones, fue lo primero que aprendí.

Fue hasta la parte trasera del autobús, seguida de Jake.

—¿Eres veterinaria? —preguntó él, sorprendido.

¡Si parecía una cría!

—Sí, lo soy. Ahora mismo no trabajo, dejé mi clínica hace poco.

—Pero ¿qué edad tienes?

—Dentro de dos meses cumplo treinta —aclaró River, con una sonrisa.

Sin darse cuenta, Jake echó un rápido cálculo mental… para desecharlo al instante. Aunque era mayor de lo que pensaba, seguía siendo demasiado joven para él.

Lo cual le hizo carraspear, puesto que no tenía ni idea de por qué le había venido aquel pensamiento a la cabeza.

River echó un vistazo por encima al autobús, sacudiendo la cabeza.

—Puede que este debajo, atornillada —comentó—. Voy a ver.

—No, no, no puedes meterte ahí —objetó Jake, con rapidez—. Si pasara cualquier cosa… deja, lo haré yo.

River asintió, apartándose. Jake se quitó la chaqueta, ofreciéndole una estupenda visión de sus brazos, y ella la cogió sin despegar los labios, manteniéndola a una distancia prudente para que no se notara que la estaba oliendo. No a propósito, claro, ella no tenía la culpa de que llegara el olor de la prenda hasta ella, el aroma de esa colonia que ya había percibido en el autobús.

No le quitó la vista de encima, algo intranquila por verlo tirado en el suelo. Jake se deslizó ligeramente bajo el autobús y empezó a mirar por todos lados, sin tener muy claro dónde podía estar la dichosa rueda.

—No veo nada —comentó.

—Debería estar atornillada en el suelo —indicó River—. A una especie de gancho redondo.

Él volvió a examinar la parte baja del autobús y localizó el gancho del que hablaba River.

—Veo el gancho, aunque sin rueda.

Se arrastró fuera del autobús y se incorporó, sacudiéndose el polvo de la ropa.

—¿Y la rueda, Leroy? —preguntó, mientras River le tendía la chaqueta otra vez—. Porque, si no recuerdo mal, me has dicho que la revisión estaba correcta.

—Ya viste los papeles.

—¿Puede ser que la rueda de repuesto esté en algún otro lado?

Leroy se quedó pensativo unos segundos, haciendo memoria.

—Puede que haya un kit antipinchazos —sugirió.

—Es una idea genial —asintió Jake, impávido—. Si la rueda no hubiera explotado, tal vez.

—Ya, claro, tienes razón

—¡BUARGH!!

Los tres se sobresaltaron y se giraron hacia el sonido. En la cuneta, Percy estaba doblado sobre sí mismo y emitía sonidos como si fuera a vomitar, aunque, de nuevo, no salía nada. Su amigo estaba a su lado, dándole palmaditas en la espalda, y los miró encogiéndose de hombros.

—Tranquilos, haced como que no estamos aquí —indicó—. A lo vuestro.

Los tres se alejaron unos pasos, como de mutuo acuerdo, y Jake se frotó la frente, pensativo.

—Habrá que conseguir una rueda… Trae los papeles del seguro.

—¿Los qué?

—¿Es una broma?

—No, no, voy a mirar en la guantera, a ver qué hay.

—¿No lo has revisado?

—Me fío de la empresa, yo soy un mandado.

Se dirigió al autobús, dando un rodeo para no acercarse a Percy y Roy más de lo estrictamente necesario.

—Menudo… ejem, elemento —comentó River.

—Ya. Es un tema que hablaré con mi hermana al volver, lo tengo claro.

—Pues como no esté el seguro en regla… nos vamos a reír.

—Eso sí que no habrá problema, porque lo hago yo y todos los autobuses están al día. Nunca se me ha pasado una fecha.

River se limitó a sonreír, pensando en Murphy y cómo era capaz de hacer cosas imposibles para fastidiarles los viajes o las últimas semanas, en general.

Escucharon unos golpecitos desde el autobús, y se giraron para ver a Sun Hee, Mandy y Selena pegadas al cristal y señalando sus relojes o móviles.

—Están nerviosas —aclaró River, por si Jake tenía dudas de qué querían decir con aquellos gestos casi histéricos—. Como no lleguen al concierto, les da algo.

—Hay horas de sobra, si es por la noche y…

—Ya, es que ellas tienen un plan previo donde tenían en cuenta el tiempo libre para hacer cola.

—¿Tantas horas de cola? Si con llegar un poco antes valdría.

—Ya, eso digo yo, pero parece ser que no es así. Tienen toda una teoría al respecto.

Jake la miró, con gesto de admiración.

—Y te vas a comer todas esas horas de cola también solo por amistad.

—Ya ves.

Esa lealtad era admirable, la verdad. Con lo egoísta que se estaba volviendo el mundo, era de agradecer encontrar a alguien así de vez en cuando.

Leroy se bajó del autobús con una carpeta en la mano y se la tendió.

—¿Esto?

—Sí, esto es. —La abrió y sacó un papel que tenía el número de póliza y dónde llamar—. Aquí está.

Marcó el teléfono mientras Leroy repetía su operación de sacar el paquete de cigarrillos, pegar el chicle fuera y encenderse un cigarrillo. Al verlo, River hizo un gesto de asco y retrocedió, aunque no mucho porque, si seguía, se acercaría demasiado a Percy. Aquello era como estar entre el fuego y las brasas, literalmente, así que se desvió y se acercó a Jake, en cambio. Este la miró resoplando y por un segundo pensó que le fastidiaba su cercanía, hasta que lo vio separar el móvil de su oreja para mirar la pantalla y marcar un número.

—Mensajes automáticos —refunfuñó él, moviendo la cabeza—. No sé cuántos menús hay que pasar para lograr hablar con alguien.

Otro número a escoger, después otro y, por fin, le contestó una voz humana.

—¡Hola! —exclamó él—. Necesitamos una rueda, rápido.

—¿Número de póliza?

—Acabo de marcarlo.

—¿Número de póliza?

Jake suspiró y lo repitió, despacio y un par de veces para reconfirmar.

—¿Situación? —preguntó la mujer.

—Grave, tenemos que llegar a Nashville cuanto antes y…

—Situación geográfica.

—Ah, perdón. Un segundo. —Cambió de pantalla, fue a la del mapa y levantó los brazos, consiguiendo una señal. Volvió a la llamada para decirle lo que había visto—. Se nos ha reventado una rueda y no hay de repuesto.

—¿Kit de pinchazos? —replicó ella.

—Que no hay rueda, nada, explotada, imposible de arreglar. Necesitamos una, rápido.

—Bien, tomo nota. Le enviaremos a alguien enseguida.

—¿Puede ser más específica?

—Enseguida, señor.

Y le colgó. Jake miró el teléfono como si le hubiera mordido y se lo guardó en el bolsillo con un carraspeo.

—Pues nada, vendrán enseguida.

—Eso suena a como cuando haces una obra en casa y te dicen dos semanas, y es un mes —comentó Leroy, en tono despreocupado.

Jake lo fulminó con la mirada.

—Gracias por tu aportación y ánimos.

—De nada, jefe, para eso estamos.

Escucharon ruido de voces y Jake miró hacia el autobús, justo a tiempo para comprobar que el trío de la última fila estaba descendiendo por la escalera principal.

—¡Eh, eh! Quietos ahí, ¿dónde vais?

—A tomar el aire, que arriba hace calor.

—No se puede bajar del… —Detrás de ellos, la pareja y después, Sun Hee y las dos chicas—. A ver, ¡todos arriba!

Según lo decía, otro grupo de gente se sumó en el descenso, y el autobús quedó vacío.

—Vaya, creo que no te han oído —comentó Leroy.

—Menudo calor empieza a hacer ahí dentro —resopló Sun Hee, acercándose—. No hay aire acondicionado.

—Claro, el autobús está parado —confirmó Leroy.

—Bueno, pues… esperad abajo. —Jake elevó la voz—. ¡Que no se aleje nadie, vendrán enseguida con una rueda!

—Ah, bien, menos mal —dijo Sun Hee, con un suspiro de alivio—. ¿Ya sabes dónde estamos? ¿Cuándo llegaremos, contando este retraso? ¿Esto cuenta como parada de descanso para el conductor?

Jake ya se había perdido en la primera pregunta, mientras Mandy y Selena se colocaban cada una a un lado de Sun Hee y afirmaban con la cabeza con cada cosa que la chica decía.

—Bien, vendrán enseguida —repitió—. Y vamos directos, sí.

—Pero ¿dónde estamos?

—A mitad de camino —aventuró él.

Calculaba eso teniendo en cuenta el tiempo que llevaban, aunque tenía que comprobarlo en el móvil ahora que sabía la posición. El tema de la rueda le preocupaba más, porque ya habían pasado cinco minutos y, aunque no esperaba que apareciera una grúa mágicamente, sí que al menos lo llamaran o enviaran algún mensaje de confirmación cuando estuviera encargada.

—Tranquilo —le dijo River, al ver que miraba su móvil con preocupación—. Seguro que no tardan, y si no, pues llamas otra vez.

Vamos, si fuera Skylar ya habría telefoneado hasta la policía estatal. Claro que lo suyo fue un robo en toda regla y no una rueda, que al final no era nada en comparación.

—Anda, aquí hay cobertura —dijo Sun Hee.

Aquello hizo que todo el mundo sacara sus móviles como si fueran drogadictos con el mono y se pusieran a confirmar sus mensajes. River no pensaba hacerlo, pero notó que su móvil empezaba a vibrar varias veces y vio que había varios mensajes en el grupo en respuesta a Sun Hee y su mensaje sobre cómo se habían perdido.

River: «Ya sabemos dónde estamos.»

Sun Hee: «Aunque nos falta una rueda, eso sí.»

Danni: «¿Qué?»

Skylar: «¿Cómo os han podido robar una rueda? ¿Habéis vuelto a parar? ¡Llamad a la policía!»

River: «Se ha pinchado y no hay de repuesto, Jake ha llamado al seguro.»

Sun Hee: «Jake=el del culo.»

Kat: «¿Y el conductor no ha podido hacer nada?»

River: «Sí, hacer nada se le da muy bien.»

Sun Hee: «Me va a dar algo como no lleguemos.»

Skylar: «Relax, que vais con tiempo de sobra.»

Sun Hee: «La cola, Skylar, la cola.»

—Sun Hee, estamos calculando y a este paso perderemos una hora de cola mínimo —informó Mandy, como si acabara de hacer una ecuación con alguna fórmula del espacio-tiempo.

—Joder, eso no puede ser.

—Qué desastre, qué desastre —decía Selena.

—¿Cuándo viene la grúa, has dicho? —le preguntó a Jake.

—Enseguida —contestó él.

Las tres empezaron a murmurar entre ellas, y Jake se acercó a River.

—Si las miradas mataran… —empezó.

—Sí, corres peligro. Se están poniendo nerviosas.

—Pero no puedo hacer nada, más que esperar.

—No, si ya.

Las tres chicas se acercaron y se plantaron delante suyo, con gesto serio.

—«Enseguida» no nos vale —dijo Sun Hee.

—Sé más concreto, queremos hora exacta de llegada —exigió Mandy.

—Antes del concierto fijo —aportó Leroy, aunque se calló al ver cómo lo miraban.

—¡BUARGH!

—¡Por Dios, que alguien haga vomitar a ese chico! —exclamó Sun Hee, desesperada.

Ya veía que aquello se iba a retrasar más de lo que parecía, y encima el Percy de marras parecía el de Pedro y el Lobo con aquellas nauseas. Seguro que cuando fuera a vomitar de verdad, nadie le creía.

—Voy a llamar otra vez —decidió Jake, a ver si así se tranquilizaban.

Aprovechó la excusa para alejarse de todos, evitando el humo de Leroy, la nauseas de Percy y las miradas asesinas de las chicas. Lo malo fue que se metió detrás de un árbol… y se encontró a la pareja oculta tras unos arbustos, dándolo todo, así que tuvo que retroceder a toda prisa y tropezó con un tronco, cayendo de espaldas y marcando el número de opción que no era.

Estupendo, a empezar el proceso de nuevo.

—¿Echando la siesta?

Había cerrado los ojos y, al abrirlo, se encontró con River a su lado, mirándole burlona.

—He oído un golpe y he venido a ver si te había atacado alguno de los chiflados.

—No, he sido yo solo. —Se sentó y se sacudió el pantalón—. Aunque aquí me quedo, que estoy más seguro.

Sin decir nada, River se sentó a su lado a esperar también y Jake volvió a llamar al seguro.

Por Dios, que le dieran buenas noticias.

CAPÍTULO V

Seis llamadas y una hora después, Jake estaba a punto de entrar en la fase de desesperación. No le llegaban noticias sobre la supuesta grúa, y tampoco lo había llamado nadie para confirmarle que iban de camino. Sabía que a veces las compañías de seguros se solapaban con los mecánicos, pero, en ese caso, lo único que había recibido era silencio por ambas partes. El grupo permanecía fuera del autobús, desperdigados por la zona, y de momento aguantaban más o menos tranquilos, pero hasta él sabía que era cuestión de tiempo que hubiera un motín.

Si no llegaban al concierto, la culpa sería suya, suya y de su empresa. Un tanto por ciento pertenecía a Leroy, claro, aunque Jake ya sabía cómo funcionaban las cosas, y al final al conductor no le pasaría nada. El problema se lo comerían su hermana y él, al igual que la compensación económica saldría de su bolsillo.

Se pasó la mano por el pelo, molesto, y miró a River, que continuaba a su lado sentada sobre la hierba.

—¿No prefieres estar con tus amigas? —preguntó, sin comprender por qué no regresaba con ellas.

Desde luego, Jake no se consideraba nada interesante. Y a su edad, cerca de los cuarenta y cinco, era raro que una treintañera guapa lo viera de ese modo, o al menos, no solía suceder.

Las mujeres que habían pasado por su vida siempre le decían que era atractivo, a pesar de no ser un guapo al uso. Sin embargo, había llegado a esa edad sin haber consolidado una relación seria con ninguna, algo que no entendía.

Como buen amante del orden, a Jake le gustaba la rutina. Era de ese tipo de hombre que prefería estar en pareja que soltero, le gustaba saber exactamente lo que iba a hacer en todo momento: sabía con exactitud qué día le tocaba partido, cuándo pedía comida libanesa o la hora a la que iba a tomar el café con su hermana.

Quizás esa tendencia al control eran parte del problema de que estuviera solo a su edad, no lo sabía. Lo que sí sabía era que, cerca de los cincuenta, las posibilidades de conectar con otra persona se iban reduciendo. La edad era una especie de arroyo, amplio y abundante cuando se era joven, y estrecho y un poco seco al cumplir años. Y con cincuenta se parecía más a un charco, la verdad, la probabilidad de chapotear dentro era ínfima.

—Mi amiga es Sun Hee, a las otras las hemos conocido en el autobús —aclaró River—. Y la gente que habla mucho me da dolor de cabeza, así que prefiero estar aquí.

—Sí, al menos hay silencio.

Entonces les llegó una serie de jadeos que provenían del arbusto y ambos se miraron, incómodos. Era obvio que la pareja se esforzaba por no armar un escándalo, aun así, se les escuchaba más de lo deseable.

—Oye, tranquila —Jake elevó la voz para ver si de esa manera se dejaban de escuchar aquellos ruidos—. Todo va a salir bien.

—Seguro, de algún modo memorable y con todos vomitando —bromeó la chica, apartando la mirada.

Permanecieron en silencio, ambos tratando de encontrar algo sobre lo que hablar para ahogar esos gemidos que cada vez parecían más difíciles de camuflar. River no recordaba haber estado jamás en una situación tan embarazosa como aquella, porque escuchar a una pareja en pleno polvo delante de un hombre que le resultaba tan atractivo era un corte.

Lo que quería era ser ella la que estuviera haciendo esas cosas, aunque no en medio de un bosque, por descontado. Se ruborizó y agachó la mirada, deseando que aquellos dos terminaran de una vez, algo que no tardó en ocurrir por el grito que pegó la chica.

—Bueno, al menos sabemos que él no es un torpe —comentó Jake, y eso rompió la tensión entre ambos.

River soltó una risita y carraspeó unas veinte veces seguidas, pensando que ojalá tuviera una botella de agua que echarse por encima. Toda aquella sesión de sexo acústico, lejos de apaciguarla, la había excitado. El día se estaba volviendo raro por momentos; era lo típico que, si lo contaba, nadie lo creería.

Bueno, sus amigas seguro que sí, todas expertas en situaciones surrealistas.

Miró a Jake, cuyo rostro parecía indiferente más allá de lo extraño de la situación. Claro, ahí se notaba la diferencia de edad: él se controlaba a la perfección y no le afectaban tonterías como esas. Desde luego, no se ponía colorado como ella porque era bastante más maduro.

—Voy a llamar otra vez, a ver si me dan alguna solución —comentó él.

River asintió, mirando en otra dirección. Aquello no sirvió de mucho, ya que se encontró con la pareja, que abandonaba su improvisado nidito de amor, ambos sonrojados y acalorados. Se quedaron petrificados al verlos allí, conscientes de que debían haberlos escuchado, de modo que pasaron a toda prisa por su lado para regresar a la zona del autobús.

La chica escuchó a medias la conversación de Jake. Por sus respuestas, daba la impresión de que seguían sin decirle nada exacto, lo cual se confirmó al verlo colgar con cara de mal humor.

—¡Malditas compañías de seguros! —exclamó—. ¿Tan difícil es dar una hora aproximada? Porque llevan una eternidad con eso del «enseguida».

—Es Murphy —dictaminó River.

—¿Qué?

—Ya sabes, la ley de Murphy. Si algo puede ir mal, irá mal.

—No me digas que crees en esas cosas.

—Huy, tengo una gran experiencia que avala esa creencia —resopló ella.

—¿A qué te refieres? —preguntó él.

—Primero, la despedida de soltera —enumeró River, pensativa—. Seis amigas, y absolutamente todas nos quedamos tiradas durante el viaje, algunas incluso se perdieron y terminaron viajando en otra dirección. Llegamos el último día.

Jake arqueó una ceja, sin saber si le tomaba el pelo.

—¿Me estás diciendo que de seis ninguna llegó?

—La única, la novia, aunque tarde porque perdió el autobús y tuvo que coger el siguiente. Danni se quedó encerrada en el baño de un área de servicio y el autobús se marchó sin ella. Kat se subió a una línea que no era y no se dio cuenta hasta un par de horas después. —La joven se encogió de hombros—. Sun Hee llegó hasta Niágara, pero se había dejado el pasaporte en casa, así que no pudo cruzar la frontera y tuvo que esperar casi dos días hasta que le llegó. Y a Skylar le robaron el coche cuando paramos a desayunar, toda una odisea.

Jake procesó toda aquella historieta sin saber si creérselo.

—¿Y cómo conseguisteis llegar tu amiga y tú si os robaron el coche?

—Mareando a su exnovio. Claro que, hubo retrasos, y cuando ya estábamos de camino, tuvimos que volver atrás porque la policía encontró el vehículo. Desmontado, pequeño detalle que se les pasó decirnos.

—Menuda faena.

—Por suerte, Corey nos llevó otra vez.

—Bendito exnovio —comentó Jake—. Bueno, no fue más que un cúmulo de casualidades. No es lo habitual como para que menciones a Murphy.

—Es que ahí no termina la película.

—¿Hay más?

—Cuando regresamos, Romy creyó que Randy la engañaba con su secretaria.

—Vaya cliché. —Jake echaba de menos unas palomitas.

—Como es un poco *drama queen*, cogió a Skylar y decidió que necesitaba unos días de diversión en Ibiza.

—Lo normal cuando te ponen los cuernos, sí.

—Tuvimos que hacer pacto de silencio y fue muy incómodo, la verdad, porque Randy nos caía bien a todas. Después descubrimos que no eran cuernos, se quedaron sin avión, yo perdí mi trabajo… ¿y dices que no mencione a Murphy?

—¿Perdiste tu trabajo? ¿Cómo así?

River se dio cuenta de que tal vez había hablado demasiado. Sin embargo, no se sentía incómoda, era como si pudiera contarle cualquier cosa y, desde luego, si no había salido huyendo con el resumen exprés del último mes de su vida, merecía saberlo.

—Me enrollé con mi jefe, que resultó ser un capullo que solo buscaba sexo. Para cuando fui consciente, se había tirado a toda la clínica.

—¿Y dejaste el trabajo para no verlo más?

—La situación se estaba volviendo insostenible. La última jugada fue poner a casi una adolescente amiguita suya como secretaria, así que pensé que no necesitaba pasar por eso y me despedí.

Jake puso cara de póquer, sin saber demasiado bien qué decir al respecto. Eran pocos datos para juzgar la situación, de modo que se encogió de hombros.

—Menudo *latin lover*, ¿no?

—Qué va, si era más bien feo —replicó River—. Ninguna de mis amigas entendía qué veía en él. Además, casi me doblaba la edad.

—Viejo y feo —resumió Jake—. Estoy con tus amigas, no lo entiendo.

—Supongo que quería creerme todas las milongas que me decía, no sé. Pensaba que las chicas se confundían con él, que pretendían protegerme… pero tenían razón. Ellas supieron calarlo mucho mejor que yo.

—¿Lo has superado?

—¿Al Gran Doctor? Sí. Aunque me duele haber perdido mi trabajo, porque me encantaba, ¿te cuento una tontería?

—Una más no creo que haga daño.

—No hago otra cosa que pensar en abrir mi propia consulta —respondió River—. Sé que me iría bien, estoy convencida, siempre lo he dado todo con mis animales.

—¿Y cuál es el problema? ¿Dinero? —La vio afirmar—. ¿No puedes pedir un préstamo? ¿O pedírselo a alguna de tus amigas?

River sopesó las opciones. Ojalá no tuviera que pedir nada… sin embargo, sabía que con sus ahorros no sería suficiente, porque encima para montar una clínica necesitaba un lugar espacioso, no le valía con cualquier local.

Solo que dudaba mucho que el banco le concediera el crédito, y menos en ese momento que estaba sin trabajar. Respecto a sus amigas, ninguna tenía una situación que permitiera semejante desembolso, a excepción de quizá Skylar, y River no quería poner a la chica en ese compromiso.

—Ojalá pudiera hacerlo sola —respondió.

—Montar un negocio solo es muy complicado —dijo Jake—. Cuando nos embarcamos en el nuestro, hasta nuestros padres tuvieron que avalarnos. Tuvimos que recurrir a la familia para conseguir el dinero.

—Sé que Skylar me lo dejaría con los ojos cerrados, pero ¿y si sale mal?

—No va a salir mal, estoy convencido. La gente cada vez tiene más mascotas, y las trata como si fueran sus hijos, así que…

La joven sonrió ante el comentario. Iba a darle las gracias por escuchar sus problemas cuando él consultó el reloj y se incorporó con aspecto decidido.

—Ya está bien —masculló—. Es el último intento que hago con la compañía de seguros.

River se apresuró a levantarse, sacudiéndose los vaqueros. Lo siguió de regreso a la zona del autobús, pensando que no le hubiera importado quedarse allí un rato más con él. A excepción del momento sexual del que habían sido espectadores, el resto de la charla le había resultado agradable. Además, haber soltado sus inquietudes laborales resultaba un alivio, a las chicas no podía contarles sus temores porque sabía que se preocuparían por ella.

Lo alcanzó, aunque no dijo nada al verlo de nuevo al teléfono. Sun Hee se reunió con ella, sin quitar su gesto malhumorado: la pobre ya veía que se quedaba sin concierto, a pesar de que aún tenían tiempo de sobra para llegar.

—¿Ha conseguido averiguar algo más? —preguntó la coreana.

—No, cada vez que llama le dicen que enseguida vienen.

La chica se pasó las manos por el pelo, desesperada. Con lo que le había costado conseguir las entradas, le parecía increíble que estuvieran en semejante situación y que algo tan tonto como un reventón fuera a fastidiarle el plan del siglo.

—Esto es una mierda —gruñó.

—Tranquila —River usó su mejor tono tranquilizador—. Falta mucho tiempo, verás que no tardan en venir. Llegaremos a ese concierto sea como sea.

Sun Hee la miró, esperanzada, aunque pronto se vino abajo cuando Jake cortó de nuevo la llamada y meneó la cabeza de manera negativa.

—Se acabó —dijo—. Estoy harto de esperar.

Leroy se encendió un cigarrillo, observándolo con curiosidad.

—¿Qué vas a hacer?

—Conseguir una rueda de repuesto.

Jake pulsó el botón para abrir las puertas del autobús, entró a coger su cazadora y gafas de sol, y volvió a salir. La mayor parte de los pasajeros se había reunido para conocer las novedades al ver que se ponía en marcha, y lo rodearon.

—¿Vas a algún sitio?

—¿Cuándo llega la rueda? ¡Nos estamos achicharrando!

—Tengo hambre…

—Escuchad —los interrumpió—. No consigo que me den una hora exacta, de manera que voy a ir a ver si localizo una gasolinera por aquí cerca.

Sacó el móvil para ver si encontraba algo mientras el grupo de gente lo miraba con cara de sorpresa.

—¿Caminando? ¿Estás loco? —preguntó Sun Hee.

—Lo de estar sentado en espera no va conmigo. Prefiero hacer algo útil —explicó él—. Si regreso antes de que llegue la grúa, pues eso que habremos adelantado. Y si llegan ellos primero, pues estará solucionado para cuando vuelva.

Sun Hee no encontró nada que replicar a aquella observación, así que se quedó cruzada de brazos, pensativa.

—Según mi móvil, hay una gasolinera a unos cinco kilómetros —informó River, que también andaba trasteando en su teléfono—. ¿Estás seguro de que tendrán ruedas de repuesto?

—Seamos positivos. —Jake carraspeó—. Quiero creer que sí.

—¿Y cómo piensas transportarla? Porque cinco kilómetros con una rueda en brazos no lo veo.

Jake hizo una mueca, porque era una excelente pregunta en la que no había pensado. No podía llevarla en brazos, obvio, ni tampoco rodando.

—Ya me apañaré —terminó por decir, al no encontrar ninguna otra respuesta—. Y Leroy, si mientras no estoy vienen los del seguro, entrégales los papeles y listo.

—Hecho.

—¿Es que no piensas acompañarle? —le reprochó River, mirando al conductor incrédula.

—¿Cinco kilómetros andando? —Leroy puso cara de susto.

—Necesitará ayuda con la rueda…

Jake se apresuró a intervenir con un carraspeo. Apreciaba la preocupación de River, pero solo de pensar en esos cinco kilómetros con la compañía de Leroy le daban ganas de suicidarse.

—No, mejor que se quede aquí. Es el conductor del autobús, y el responsable si yo no estoy. —Miró al hombre—. Por favor, preocúpate de los pasajeros. Que nadie se aleje, todos deben permanecer aquí.

—Descuida, lo haré.

No era que Leroy le diera mucha seguridad en nada, la verdad, pero tampoco tenía otra opción aparte de confiar en él. Empezaba a temer que la compañía de seguros no apareciera y prefería pegarse la caminata si con eso salvaba la situación.

—Iré contigo —dijo entonces River.

—¿Qué? —saltó Sun Hee, sobresaltada—. No, ni hablar, tú no vas a ninguna parte, ¿estás loca?

River se giró hacia ella, sin entender por qué reaccionaba así.

—No puede ir solo —explicó—. Va a necesitar ayuda, aunque piense que no. He manejado ruedas antes, sé lo que digo.

—Pues que vaya otra persona.

—No veo que nadie se haya ofrecido, hace calor y a la gente no le apetece andar.

River cogió a su amiga del brazo y la apartó un poco, bajando la voz para que no la escucharan.

—¿Qué te preocupa?

—¡Que me dejes sola!

—No estás sola, te quedas con Mandy y Selena.

—Es que me preocupa que te marches con un desconocido, River. —Sun Hee la agarró de los hombros con gesto suplicante—. ¿Y si te secuestra?

—¿Qué? —River soltó una carcajada—. No digas bobadas, sabemos su nombre y la empresa donde trabaja. No es ningún psicópata, mujer.

Sun Hee echó un vistazo a Jake y después a su amiga, poco convencida. La idea de quedarse allí sin River no le hacía mucha gracia, aunque lo de los cinco kilómetros aún le hacía menos.

—Sun, esto lo hago por ti —insistió River con firmeza—. Cuanto antes vayamos, antes regresaremos con esa rueda. Intento que no te pierdas tu dichoso concierto.

Finalmente, la chica asintió con lentitud.

—Vale, pero me llamarás cada veinte minutos para que sepa que estás bien.

—Entendido.

La coreana mostró su conformidad, no sin antes mirar a Jake con el ceño fruncido.

—Más vale que la cuides —advirtió, antes de regresar con Mandy, Selena y el resto de los viajeros, que se arremolinaban junto al autobús en busca de un poco de sombra.

Jake se sorprendió ante aquella amenaza sutil y miró a River, que sonreía.

—En serio, no hace falta que vengas. No tendré ningún problema en transportar la rueda.

—No me importa. Así aprovecho para ir al baño y comprar algo de comida. —Le miró, entornando los ojos ligeramente—. Siempre que no te moleste mi compañía.

Él negó, confuso.

—No, claro que no, ¿cómo me iba a molestar? El viaje será menos aburrido si vienes.

—Pues no se hable más.

River se colocó bien la mochila y alzó la mano para despedirse de Sun Hee, que correspondió al gesto aún con el ceño fruncido. Las palabras de River tenían sentido y, en principio no parecía haber motivo de preocupación, pero la última vez que se habían separado las cosas habían salido fatal. Y seguía convencida de que la sombra de Murphy era alargada y se cebaba con ellas.

—¡Escuchad! —Jake se dirigió al resto del grupo—. Intentaremos tardar lo menos posible. Por favor, que nadie se aleje del autobús, ¿entendido? Para cualquier duda tenéis a Leroy, que es el responsable en mi ausencia.

Los pasajeros se giraron hacia el susodicho, que en ese momento se encontraba despegando el chicle del paquete de tabaco para metérselo de nuevo en la boca. Al ver que lo observaban, carraspeó asintiendo.

—Sí, eso. Responsable o lo que sea.

Jake tuvo ganas de matarlo. Se controló porque ya habían perdido demasiado tiempo y las horas pasaban, de manera que lo dejó correr. Solo le quedaba rezar para que en la gasolinera tuvieran lo que necesitaban y al fin pudieran regresar a la carretera.

—Vámonos —le dijo a River.

Sun Hee observó a su amiga alejarse junto al encargado, y una vez la hubo perdido de vista, fue a reunirse con sus dos nuevas amigas, que permanecían sentadas a la sombra del autobús. Las dos se abanicaban con las manos y comían chucherías que una debía llevar guardadas en el bolso. Cuchicheaban entre ellas, aunque se callaron al instante al verla acercarse.

—¿Qué pasa? —preguntó Sun Hee, dejándose caer a su lado.

—No, nada —se apresuró a responder Mandy, poniendo cara de despiste.

La coreana no las había visto tanto rato en silencio desde el minuto en que se dieron la vuelta en el autobús, así que entrecerró los ojos con desconfianza.

—Venga, ¿de qué habláis?

Selena agitó los hombros, en un intento de restar importancia. Sin embargo, Mandy no se veía capaz de guardar silencio, porque lanzó un resoplido.

—Hemos calculado lo que se tarda en ir andando durante cinco kilómetros —informó, con cara decidida—. Una hora en adultos más o menos en forma. Una hora para ir, diez minutos para comprar la rueda, y otra hora para volver.

—Bien calculado —replicó Sun Hee, sin tener muy claro hacia dónde iba la charla.

—No esperaremos ni un minuto más.

—¿Qué quieres decir?

—Pues que, si dentro de dos horas y diez minutos no han vuelto, nos iremos por nuestra cuenta —explicó Selena—. Lo siento, pero no vamos a pasarnos el día tiradas en medio de ninguna parte muertas del asco. Llevamos semanas esperando el concierto.

—Yo también, pero…

—No hay pero que valga —Mandy la cortó de manera tajante—. Dos horas y diez minutos. Si seguimos aquí esperando no vamos a llegar, mira qué hora es ya.

A Sun Hee le parecía una completa locura que las chicas se marcharan por su cuenta, la verdad, pero al escuchar aquello de que no iban a llegar, sintió como si alguien le retorciera las tripas. ¿Iba a perderse el concierto? ¡Imposible! ¡Llevaba tanto tiempo soñando con él!

—¿Y qué idea tenéis? —preguntó.

—No tiene nada de particular, podemos caminar carretera adelante y hacer autostop, estoy segura de que cualquier coche nos llevará.

—¿Autostop?

Sun Hee frunció el ceño. Eso no le gustaba nada, la verdad, y recordó que la última vez que sus amigas hicieron autostop, terminaron en una marquesina a punto de pasar la noche allí. Joder, esperaba no tener que llegar a eso y que River regresara con la rueda a tiempo.

—A mí me da todo igual, como si tengo que ir caminando hasta Nashville —dijo Mandy, con expresión decidida—. Además, seguro que muchos de los coches también llevan ese destino, y entre fans nos ayudamos siempre.

—¿Qué harás tú? —preguntó Selena a la coreana.

—Por ahora, esperar. No quisiera marcharme sin mi amiga —respondió.

Las dos chicas se miraron, sonriendo.

—Me da la impresión de que ella prefiere mil veces ligar con el encargado del viaje que disfrutar del concierto.

Sun Hee no iba a negarlo, por descontado.

—Aun así, no quiero que nos separemos. La última vez no fue muy bien.

—Bueno, tienes un par de horas para pensártelo. —Selena se encogió de hombros—. Siempre puedes quedarte aquí con el trío calavera.

Señaló con la cabeza a los tres chicos, que no perdían ocasión de guiñarles el ojo o saludarlas.

—O con el chico que quiere vomitar y no puede. —Mandy se echó a reír.

—Sí, porque dudo mucho que el conductor vaya a hacerse cargo de la situación. Más bien le pega pirarse y dejarnos aquí tirados.

—No adelantemos acontecimientos —Sun Hee decidió cortar la conversación, dado que le parecía precipitarse cuando solo hacía cinco minutos que River y Jake habían iniciado el camino en busca de la rueda—. Cuando estemos cerca del límite, lo volvemos a hablar.

Selena asintió, tendiéndole la bolsita de gominolas para que cogiera una. Sun Hee se metió un osito azucarado en la boca, aunque estuvo a punto de escupirlo cuando Percy volvió a sus sonoras arcadas, que ya empezaban a ser parte de la banda sonora del viaje.

Cuanto más pensaba en la ida de las chicas, mejor le parecía. Lo de dejar a River tirada sería una faena, aunque a ella no le había temblado el pulso en marcharse con Jake y dejarla allí plantada, así que tampoco sería un drama. Si después las alcanzaban genial, y si no… pues dudaba mucho que le importara perderse el concierto. Y para ella, eso sí que era un drama, uno con mayúsculas.

Por otro lado, lo de hacer autostop le generaba dudas, aunque sería una casualidad enorme que volviera a salir mal, ¿no?

Sacó el móvil y se metió en el chat de las chicas.

Sun Hee: «Chicas, ¿estáis alguna por aquí? Esto es un desastre.»

Aguardó unos segundos para dar tiempo a que respondiera alguna, aunque pensándolo bien, todas debían estar trabajando a excepción de Romy.

Kat: «Estoy en el descanso, ¿qué sucede?»

Sun Hee: «Se ha reventado una rueda y estamos tirados en medio de ninguna parte. La compañía de seguros no hace más que repetir que enseguida llegarán, pero no llegan.»

Kat: «Joder, Sun… tranquila, verás cómo aparecen. Tenéis tiempo de sobra.»

Sun Hee: «No sé, porque casi es la hora de comer y ya deberíamos estar a punto de llegar, y en lugar de eso estamos cocinándonos al sol en medio de una carretera secundaria por donde no pasa nadie.»

Puso varios emoticonos tristes seguidos para dar énfasis a su estado de ánimo.

Danni: «¡Hola! ¿Estás bien? Porque una rueda reventada…»

Sun Hee: «Sí, no ha pasado nada, excepto lo que os he contado. River se ha ido con el encargado del viaje, el del culo, a ver si conseguían una rueda en la gasolinera más próxima.»

Skylar: «Momento café. ¿Que River se ha marchado con un desconocido? ¿Le has pedido el carnet por si acaso?»

Sun Hee se mordió el labio, poniendo cara de culpabilidad.

Sun Hee: «Ni se me ha ocurrido, pero tranquila. Sabemos quién es y la empresa para la que trabaja, así que no hay problema.»

Skylar: «Luego pasa lo que pasa… River, si me lees, eres una descerebrada.»

Danni: «Ya sabéis cómo es, habrá querido ayudar.»

Kat: «¿Habéis intentado poneros bordes con los del seguro?»

Sun Hee: «Jake ha telefoneado un montón de veces, y aquí no viene nadie. El conductor tampoco tiene recursos para encontrar una solución… a todo esto, sumadle a un pobre tipo que quiere vomitar y no puede.»

Danni añadió el emoticono verde vomitando.

Skylar: «¿Habéis llamado al seguro varias veces y aún no han aparecido? Eso no es aceptable.»

Sun Hee: «Me estoy empezando a desesperar un poco, la verdad. Si no llegamos me muero.»

Kat: «Tranquila, Sun, seguro que consiguen la rueda y dentro de un par de horas estáis allí.»

Sun Hee lo dudaba, a menos que el mecánico apareciera caído del cielo, cambiara la rueda y dejara todo listo. De esa manera podrían avisar a Jake y River de que volvieran al autobús, sería como si no hubiera sucedido nada, excepto un pequeño retraso.

Sun Hee: «Os iré informando, tranquilas.»

Las chicas le pusieron diversos guiños de ojo, besos y abrazos para animarla. Sabían lo importante que era para la chica el concierto de Strigoi y no se podían creer los problemas que estaban surgiéndole a la pobre.

Sun Hee abandonó el chat y entró en Google para ver si veía alguna noticia relacionada con el concierto. Encontró un video donde una reportera informaba sobre los asistentes, que empezaban a campar alrededor del estadio, y hasta se detuvo en la cola para hacer un par de preguntas al azar.

Desolada, la coreana comprobó que había bastante gente haciendo cola. La mayoría de las fans se encontraban sentadas en el suelo, con una buena provisión de comida y agua, y se divertían cantando las canciones del grupo a voz en grito. Parecía muy felices y emocionadas, justo como se suponía que debía estar ella en ese mismo momento; en su lugar, tenía calor, hambre y estaba preocupada y enfadada. Ya no importaba la hora ni los cálculos hechos con anterioridad, no conseguirían un buen sitio en la cola, aunque llegaran. Entrarían de las últimas, o sea que ya podía despedirse de ver a Strigoi en las primeras filas.

Sun Hee vivía los conciertos con intensidad, y para ella, la idea de tener que verlo en las filas de detrás le parecía una mierda, por muy cerca que estuviera de la barra de bebidas. Después de tanto esperar, no iba a poder ver a Dennis como quería.

Miró a Selena y Mandy, que escogían el color de los ositos de gominola antes de metérselos en la boca. Su idea, en principio disparatada, cada vez le sonaba más factible.

Incluso empezaba a creer que era mejor ponerse en marcha lo antes posible sin esperar siquiera a la rueda… a lo mejor todavía lograban un buen puesto en la cola, ¿no?

Negó para sí misma, diciéndose que no podía. Fijo que River se cabreaba, por muy entretenida que estuviera con Jake. Y podía imaginar perfectamente al resto de las chicas pegándole la bronca por pensar siquiera en hacer autostop.

—A grandes males, grandes remedios —murmuró.

—¿Qué? —preguntó Mandy, con la boca llena de golosinas.

—Nada, que vuestra idea no me parece tan mala en realidad —comentó, pensativa.

Alzó la mirada al ver que Emmet, JC y Carlos se levantaban del sitio donde estaban sentados y se acercaban hasta Leroy. Le comentaron algo, a lo que el conductor asintió con cara de no importarle lo más mínimo, y luego se alejaron del autobús.

—¿Dónde vais? —gritó Sun Hee, con curiosidad.

—A dar una vuelta, a ver si encontramos algún bar por aquí cerca —explicó Emmet—. Queremos una cerveza, y comer algo. Total, hasta que no vuelvan no hay otra cosa que hacer.

—Pero Jake dijo que nadie se marchara por su cuenta —objetó Percy, poniéndose derecho.

—No nos marchamos para no volver, solo vamos a tomarnos algo mientras vuelven —dijo JC—. Si alguien quiere venir, puede apuntarse.

Nadie hizo ademán de sumarse a la invitación, y Sun Hee los vio alejarse, intranquila. No parecía probable que encontraran ningún bar, básicamente no había nada alrededor excepto árboles… aun así, comprendía que quisieran airearse.

—¿Ves? Hasta ellos se largan —comentó Selena, fastidiada.

—Sí, a buscar bebida…

—Y una mierda, esos no vuelven. Van a buscarse la vida por su cuenta, lo mismo que deberíamos hacer nosotras.

—Ni siquiera han pasado quince minutos —objetó Sun Hee—. ¿No habéis dicho que esperaríais dos horas y diez minutos?

—Sí. —Mandy se encogió de hombros—. Lo que pasa es que, cada minuto que perdemos, es una posición en la cola. ¿has visto el avance? Ya hay bastante gente. A este paso, nos va a tocar verlo desde la última fila, no podremos distinguir ni la ropa del cantante.

Aquellas palabras eran precisamente las que Sun Hee no quería escuchar. Sin embargo, de alguna manera, actuaron como un balde de agua fría: despejaron su mente y le dieron el chute que necesitaba.

No iba a perderse el concierto, ni mucho menos a verlo desde la última fila. No llevaba semanas esperando para eso.

—¿Y si nos vamos ya? —propuso, haciendo que las dos chicas la miraran a la vez—. Si hay suerte y nos cogen pronto, podríamos llegar antes de que la cola sea interminable.

Mandy y Selena se miraron, pensativas.

—Deberíamos —dijo la segunda—. Total, yo tengo claro que la rueda no va a llegar, por una cosa o por otra.

—Si está decidido, vámonos cuanto antes. —Mandy se puso en pie, sacudiéndose la ropa—. Aquí no hacemos más que sudar y estropear el maquillaje.

—¿Qué le decimos al conductor?

—Si a ese todo le da igual —dijo Selena—. Podemos decirle que vamos a estirar las piernas, veréis que no va a poner ninguna pega.

Efectivamente, Leroy apenas alzó la vista cuando las tres chicas le comentaron que iban a dar un paseo corto para paliar las horas que llevaban sentadas.

CAPÍTULO VI

—¿Hay alguna forma de revertirlo? —preguntó Jake, tras media hora de caminata.

Al principio habían estado charlando sobre el viaje y la panda que había en el autobús, pero el sol ya empezaba a pegar con fuerza y llevaban unos minutos callados.

—¿El qué? —preguntó River, sin saber a qué se refería.

—Al Murphy ese de marras.

Ella se rio, moviendo la cabeza.

—Pues no lo creo. —Se descolgó un lado de la mochila y la abrió para rebuscar, hasta encontrar una goma para el pelo—. Ojalá lo supiéramos, porque con la racha que llevamos….

—Lo digo porque parece contagioso, además.

—Tiene pinta, sí.

Escucharon una musiquita y Jake sacó su móvil.

—Es mi hermana. —Le dio al botón de contestar—. No te vas a creer… Ajá. ¿Que te han llamado a ti? Joder. Vale, pues pondremos una queja. Estamos bien, he dejado el autobús con Leroy para ir a buscar una rueda. Hombre, pues tú sabrás, que lo has contratado. Vale, venga. Sí, descansa. Luego te llamo.

Se guardó el teléfono y suspiró.

—Nada, que los del seguro han llamado al teléfono de empresa, el de ella, para comprobar si los datos eran ciertos. Y le han dicho que vendrá alguien «enseguida».

—Vamos, que no han dado una hora concreta.

—Para nada.

—¿Y eso de Leroy? Si se puede saber, claro.

—Me ha preguntado si me fiaba de dejarlo solo con el autobús. Pues qué quieres que te diga… Tampoco me quedaba mucha opción, si van los de la grúa él tiene que conducir. Y ella ha sido quien le contrató, así que la pregunta… en fin, hablaré con ella a la vuelta.

—Ya, parece un tipo… peculiar.

Terminaron de recorrer una curva y vieron que la carretera comenzaba a descender. Unos metros más adelante, se abrió un claro entre los árboles de un lado y pudieron ver que serpenteaba hasta llegar a un valle y, a un lado, había una gasolinera.

—Bien, ya falta menos —suspiró Jake, aliviado.

Al menos el mapa del móvil había funcionado y la gasolinera estaba donde se suponía. Había más edificios alrededor de ella y un pueblo algo más adelante, por lo que esperaba que aquello ayudara a encontrar la rueda que necesitaban.

Al ser cuesta abajo y ver el destino final, animaron el paso y, veinte minutos después, ya estaban en la gasolinera.

River se quedó mirando el edificio antiguo, las paredes desconchadas, y se aceró un poco más a Jake de forma instintiva. Allí solo faltaba un tipo con malas pintas y sin dientes en una mecedora diciendo: «no vayáis por ahí».

—¿Pasa algo? —preguntó Jake.

—Demasiadas películas de terror, supongo —contestó ella.

Él recorrió el edificio con la mirada y ladeó la cabeza.

—Bueno, iba a decir que es de día… pero eso en las pelis *slasher* da un poco igual.

—Hombre, gracias por los ánimos.

Le dio un codazo como solía hacer con Sun Hee, y al momento se apartó, al darse cuenta de que quizá era un gesto demasiado cercano y apenas si se conocían…y él sonrió frotándose el brazo.

—Bien, con esa fuerza que tienes creo que podremos defendernos de cualquier cosa.

Señaló la puerta de cristal que daba paso a la tienda y se dirigieron a ella. Una campanilla tintineó cuando la atravesaron, y vieron a una adolescente con aspecto aburrido leyendo una revista detrás del mostrador.

—¿Qué surtidor? —preguntó lacónicamente.

—Ninguno —contestó Jake—. Queríamos una rueda.

—Tenemos esas. —Señaló con la cabeza hacia un extremo de la tienda, sin levantar la vista de la revista—. No tengo ni idea de medidas, así que miráis vosotros y cogéis la que os parezca.

—Bien, gracias.

Los dos se acercaron a la zona y miraron las hileras de ruedas que había en varias estanterías, de varios tamaños y grosores. Jake tenía apuntado el tamaño necesario, y las fue recorriendo y leyendo las etiquetas hasta llegar a la que necesitaban, que estaba en la balda superior.

Miró a su alrededor, comprobando que no había ningún escalón ni nada con lo que llegar hasta allí.

Volvieron al mostrador, y la chica los miró con cara hastiada.

—¿No vais a comprar nada? —preguntó.

—Es que están un poco altas —respondió Jake—. Necesitamos ayuda para bajarlas.

Ella resopló, y, de pronto, pegó un grito.

—¡Patrick, mueve tu culo aquí, pedazo de vago!

Los dos pegaron un bote al escucharla, sobresaltados, y un minuto después, salió otro adolescente de la trastienda, bostezando.

—Joder, tía borde, que estaba descansando los ojos un rato.

—Estos dos quieren una rueda.

—Y yo un Ferrari, ¿y qué?

—Que no pueden bajarla.

El tal Patrick los miró de arriba abajo y fue hasta el lugar de las ruedas, con ellos detrás.

—Necesitamos esa —señaló Jake.

—Pues bajarla supone un extra.

—¿Perdona?

—Hombre, qué menos que una propina, que me puede matar si me cae encima.

River y Jake se miraron.

—¿Cuánto de extra? —replicó ella, cruzándose de brazos.

—Ah, eso vosotros veréis. —Volvió a recorrerlos con la mirada, como evaluando cuánto valía la ropa que llevaban—. Tenéis pinta de ciudad, así que podéis ser generosos.

—Esto es muy irregular —contestó Jake, empezando a mosquearse—. Venimos a comprar una rueda, y nos la tenéis que entregar.

—Pues o me convences o te quedas sin ella.

Jake entrecerró los ojos, evaluando si darle un bofetón. No era violento, pero entre unos y otros, ya le estaban calentando y tuvo que coger aire para recuperar algo de la poca paciencia que le quedaba.

Sacó su cartera y no le pasó desapercibida la forma en que el chaval miraba el objeto.

—En efectivo —especificó Patrick.

—¿Qué?

—La rueda págala como quieras, el extra en efectivo.

—¿Pasa algo ahí detrás? —gritó la chica.

Jake había sacado los billetes para contar los que había, y Patrick le cogió a toda prisa los que pudo para guardárselos en el bolsillo.

—Ni una palabra.

—Pero…

—¿Por qué tardáis tanto?

Los tres se giraron y vieron a Santana mirándolos con desconfianza.

—Nada, ya los ayudo. Voy a por un escalón.

Patrick regresó a la trastienda y no tardó en salir con uno para poder subirse y desenganchar la rueda que necesitaban. Al hacerlo, la empujó directamente para que cayera y ellos tuvieron que apartarse para que no les golpeara.

La rueda rebotó, golpeó una balda de la que cayeron algunas cosas y se paró junto a la pared.

—Eso hay que pagarlo —dijo Santana, encogiéndose de hombros.

—Si ha sido él —replicó River, señalando a Patrick, como si no lo hubieran visto todos.

—O se paga todo, o no os lleváis nada.

Se dio la vuelta y regresó al mostrador, mientras Patrick recogía la rueda y la ponía de pie.

—Bien, ¿os la llevo al coche? —preguntó.

—Hemos venido andando —contestó Patrick.

—¿Andando? ¿Desde dónde?

—Hemos pinchado a unos cinco kilómetros.

Patrick miró hacia el mostrador y luego a ellos, bajando la voz.

—Oye, pues otro par de esos billetes que te quedan, os llevo.

Jake sopesó decirle que se tragara la rueda o se la metiera por donde mejor le cupiera, pero claro, no podía hacerlo porque se quedarían sin ella. Respiró hondo y afirmó con la cabeza.

—Está bien.

—Pues nos llevamos todo esto —replicó River, señalando al suelo.

Jake miró el montón de objetos. Había alguna bolsa de *snacks*, llaveros, bolígrafos, imanes…

—Ya que te van a hacer pagarlo… —continuó ella, encogiéndose de hombros—. Lo puedes repartir entre los del autobús, como compensación por la espera.

No era ninguna maravilla, pero a nadie le amargaba un dulce, pensaba ella. Antes de que Jake dijera nada, la chica ya se dirigía al mostrador para pedir unas bolsas. Regresó con ellas y las llenó.

Patrick llevó la rueda rodando hasta el mostrador y la dejó allí apoyada.

—Me voy a acompañar a estos y vuelvo —dijo.

Santana lo miró con desconfianza, al igual que a Jake y River cuando se acercaron para pagar.

—No hacemos entregas ni envíos —espetó ella.

—Qué poco solidaria eres, tía —replicó Patrick, con gesto de desaprobación—. Se han quedado tirados a cinco kilómetros, ¿no te da pena que tengan que volver andando?

Ella movió la cabeza, con cara de no creer una palabra, y cogió las bolsas que le pasó River para escanear todos los productos. Cuando salió el total, Jake le entregó su tarjeta pensando en lo poco que iban a ganar con aquel viaje, al paso que iban.

Al menos, la promesa de unos billetes hizo que el chaval fuera quien sacara rodando la rueda hasta la calle. River y Jake lo siguieron hasta rodear la gasolinera, y lo vieron detenerse junto a una ranchera de aspecto destartalado. La parte de atrás no tenía techo, y abrió la puerta para subir la rueda con gran esfuerzo.

—Hale, arriba —dijo.

Los dos parpadearon. Jake miró por la ventanilla del copiloto, pero ahí solo cabía una persona más: solo había un asiento y, encima, lleno de cosas, por lo que se encontró con la disyuntiva de dónde ir él y dónde River. La parte de atrás era de todo menos segura, y ahí, con ese futuro delincuente, tampoco se fiaba mucho.

River se había asomado a su lado, y carraspeó retrocediendo.

—Creo que prefiero ir atrás —comentó.

—Iré contigo, mejor sujetamos la rueda entre los dos.

—Como queráis.

Patrick se encogió de hombros y se quedó esperando mientras Jake subía y alargaba la mano para ayudar a River, que se la cogió encantada de la vida. Después, buscaron la zona menos sucia para sentarse y colocar la rueda entre ellos para poder sujetarla, mientras Patrick cerraba y se subía en la parte delantera.

—Menudo elemento —murmuró Jake.

—Voy a avisar a Sun.

Sacó su móvil y le envió un mensaje:

«¡Buenas noticias! Ya vamos de regreso con una rueda, enseguida estamos allí.»

Esperó, pero su amiga no leyó el mensaje. Estaría ocupada con sus nuevas amigas hablando de Strigoi, para no variar, pensó. Aunque lo que no se imaginaba era que Sun Hee no contestaba porque, en ese momento, estaba con Mandy y Selena haciendo gestos a una furgoneta que justo se acercaba con el camino.

—¡Va a parar! —exclamó Mandy, con una sonrisa.

Efectivamente, el vehículo se detuvo unos metros más adelante y las tres se acercaron. Sun Hee sacó una foto de la matrícula al hacerlo y vio que tenía mensajes pendientes, pero no les hizo caso: tenía que examinar aquella furgoneta a ver si parecía segura. Al menos no tenía los cristales tintados ni parecía cochambrosa, lo cual era algo.

Entonces, un chico de pelo largo asomó la cabeza por la ventanilla y todas escucharon una canción de Strigoi.

—¡Son de los nuestros! —exclamó Selena.

—¡Hola, chicas! —saludó él, con entusiasmo—. ¿Vais a Nashville?

—¿Cómo lo sabes? —preguntó Sun Hee.

Él señaló sus camisetas y se inclinó más para que vieran que llevaba también una. El conductor también se asomó, con las mismas pintas, y las tres se acercaron.

—Sí, nos hemos quedado tiradas —explicó Selena—. El autobús que nos llevaba ha pinchado.

—Pues nosotros vamos para allí, os llevamos encantados.

Sun Hee volvió a sacar su móvil, y se acercó a la ventanilla. Una cosa era irse con unos desconocidos, y otra no hacer caso de las reglas básicas de seguridad. Skylar la mataría si no enviaba algún dato más.

—Primero dejadme sacar fotos de vuestros carnés.

—Qué tontería —dijo Mandy—. No seas desconfiada.

—Venga, tía, enróllate, que nos van a llevar hasta allí.

Ella dudó, pero como tenía la matrícula, pues envió eso al grupo avisando de que se iban con ellos. Esperaba que fuera suficiente y, también, que River no se mosqueara demasiado.

El copiloto se bajó para abrir la puerta lateral y las tres se asomaron antes de subirse. No estaba especialmente desordenada ni sucia, tenía todos los asientos con sus cinturones y Sun comprobó también que no estaban los seguros infantiles puestos, para poder abrir si era necesario.

—¡A por Strigoi! —gritó el conductor, poniendo la música a todo volumen.

—No está mal la furgo —gritó Mandy.

—Sí, es mejor que esa cosa que viene por ahí.

Sun Hee miró por la ventanilla y vio una ranchera destartalada en dirección contraria. Sí, aquello tenía más pinta de pertenecer a un Ted Bundy cualquiera, así que habían escogido bien.

La furgoneta se puso en marcha y, cuando se cruzó con la ranchera, River y Jake se miraron al escuchar la música que provenía de ella.

—Creo que sé a dónde van esos —sonrió ella.

—Parecen una secta, todos vistiendo igual.

—Bueno, es una norma básica, la de llevar camisetas del grupo que uno va a ver. Que conste que yo tampoco estaba muy por la labor, si vieras alguna de las que me propuso Sun…

—Sí, esa no está mal y te queda bien.

Se quedó callado, preguntándose de dónde le había salido ese comentario. A ver si le iba a sentar mal, que no quería que pensara… ¿qué? ¿Que le estaba tirando los tejos?

Miró la rueda, con el ceño ligeramente fruncido. ¿Acaso quería hacer eso?

—Gracias —contestó ella.

La ranchera, cuyos amortiguadores debían haber dejado de existir hacía tiempo, pilló un bache y los dos rebotaron contra el suelo, con la rueda saltando en el aire. Tuvieron que echar mano a toda prisa para que no saliera volando por un lado, y River casi acabó tumbada encima de ella.

Jake se apresuró a sujetarla con una mano a ella y con la otra a la rueda, descubriendo entonces que, si pillaban otro bache, quien caería sería él por falta de apoyo.

—¿Estás bien? —le preguntó.

—Sí, sujétate tú que yo puedo sola.

Según lo decía, empezó a girar para recolocarse. Jake la soltó, se sujetó… y otro bache les hizo rebotar y que River acabara sentada sobre la rueda, con el culo bien hundido en el agujero y los brazos a los lados.

—Al menos he caído sobre blando —rio.

Intentó salir, sin éxito: el agujero era pequeño para su culo y la postura nada fácil para hacer fuerza. Miró a Jake en busca de ayuda.

—Mi culo moreno ha decidido quedarse a vivir aquí —dijo.

—¿Te ayudo? —Sonrió, con la imagen de aquel «culo moreno» ajustado al vaquero en su cabeza.

—Sí, por favor.

Jake echó un vistazo a la carretera. Aquel trozo parecía recto y sin baches, así que se arriesgó a soltarse. Manteniendo el equilibro a duras penas, se puso frente a ella para coger sus manos y tirar hacia arriba con fuerza. Tras un par de intentos, por fin consiguió liberar a la chica, que del impulso acabó chocando contra él y haciendo que los dos cayeran sobre el suelo de la furgoneta.

Al intentar levantarse, un nuevo bache hizo que rodaran y que Jake continuara el movimiento para esquivar a la rueda, que rebotó amenazante hacia ellos.

Se quedó encima de ella para protegerla con su cuerpo, y la miró. Qué ojazos tenía…

—¿Estás bien? —le preguntó.

«Estupendamente», pensó ella. «Hasta me sobra la ropa.»

—Erm… sí, sí.

La ranchera frenó bruscamente y ambos se golpearon la cabeza con un lateral, lo que hizo que emitieran una exclamación de dolor a la vez.

—Joder, debería cobraros extra por usar mi ranchera para magrearos —escucharon decir a Patrick.

Jake se apartó al segundo, frotándose la cabeza, y vio que habían parado a unos metros del autobús. Patrick estaba abriendo la parte de atrás para que pudieran bajar y, cuando se acercó, le vio que extendía la mano.

—La pasta —espetó.

Con un resoplido, Jake sacó su cartera y le dio un par de billetes. Entonces sí, el chaval se apartó y Jake empujó la rueda para que cayera a la carretera. Se giró para ayudar a River a bajar, que también se frotaba la cabeza.

—Menuda montaña rusa —comentó la chica.

Jake se agachó para poner la rueda de pie, y cuando iba a pedir ayuda a Patrick, vio que ya era demasiado tarde: él se había vuelto a subir a la ranchera y ya estaba marchándose de vuelta a la gasolinera.

—¡BUARGH!

Los dos se miraron y movieron la cabeza.

—Ya estamos en casa, Totó —bromeó ella—. Venga, te ayudo.

Se agachó a su lado y fueron rodando la rueda hasta el autobús, donde la dejaron caer junto a los restos de la pinchada.

Leroy, que estaba fumando apoyado en la puerta, se acercó a ellos.

—No ha venido el del seguro —informó, como si no fuera obvio.

—Saca las herramientas, vamos a ponerla —ordenó Jake.

—Vale.

—E informa a los pasajeros de que en breve nos pondremos en marcha.

—Eso es fácil, con dar un grito… —Se dio la vuelta—. ¡Salimos enseguida!

Jake se incorporó y miró a su alrededor. En un rincón, la pareja; cerca de un matorral, agachado como siempre y con su amigo a su lado, Percy intentando vomitar; y sentados al sol, un grupito que no recordaba cómo se llamaban.

—Aquí falta gente —comentó—. ¿Están arriba?

Leroy, que acababa de volver con una caja de herramientas, miró hacia el cielo.

—Arriba en el autobús —especificó Jake.

—Ah, ahí. No, no hay nadie.

—¿Cómo? —Esa fue River—. Falta mi amiga. Y las dos chicas que iban sentadas delante.

—Y los tres lerdos de la fila de atrás.

—Ah, esos. Los chicos se fueron a dar una vuelta y no han vuelto, se habrán ido al concierto.

—¿Y ellas?

—Les oí algo de autostop.

Jake se llevó una mano al pecho, notando una taquicardia, falta de aire o lo que fuera aquello. No podía ser, ¿se iba un rato y desaparecía la mitad de la gente a su cargo?

—Te dije que los vigilaras, Leroy —le dijo, enfadado y notando que empezaba a ver todo rojo.

—No, no, me dijiste que me quedaba al cargo, que no es lo mismo.

—Voy a ver dónde está Sun —dijo River, sacando su móvil—. Tranquilo, aparecerán enseguida, no creo que hayan hecho…

Se quedó callada, y Jake la miró.

—¿Que no hayan hecho qué?

Ella movió la cabeza, leyendo los mensajes del grupo.

Sun Hee: «Os paso foto de una furgoneta donde me he subido con unas amigas de autostop.»

Skylar: «¿Qué parte de no hacer autostop no has pillado? ¿Has sacado fotos a sus carnés?»

Danni: «Madre mía, luego me decís a mí.»

Kat: «¿Y River? ¿Y el bus?»

Sun Hee: «Pues me ha escrito que volvían con una rueda, pero lo he visto ya en la furgo, así que no puedo volver atrás.»

Skylar: «Manda mensajes cada media hora y envíanos tu posición para que sepamos por dónde andas.»

Sun Hee: «Sí, jefa.»

River: «¡La madre que te parió! Te dejo un rato y… Espera, mando audio que esto es largo y me lío escribiendo.»

Se apartó un poco para que no la oyeran los demás montar escándalo, que bastante caldeados estaban los ánimos, y pulsó el micrófono para grabar y enviar.

—¡La madre que te parió, Sun! —exclamó, aunque no muy alto—. No hemos tardado tanto, joder, ¿qué te costaba esperar? ¡Como te pase algo, te mato, que lo sepas! O, primero, te rescato, y después te mato. ¡Y deja de hablar del culo de Jake! —Miró hacia él, por si acaso, pero Jake estaba ocupado examinando las herramientas y no parecía estar escuchando lo que decía—. Pues eso, más te vale que nos encontremos cuando llegue al concierto, ¡te voy a rizar el pelo!

Eso iba porque, muchas veces, su amiga le soltaba «te voy a dejar los rizos planos del susto» o de la bronca que le iba a echar por algo, así que… Mosqueada, comprobó que se enviaba el mensaje y se guardó el móvil.

—Nada que hacer —dijo—. Están en una furgoneta camino a Nashville.

—Joder.

—Tranquilo, es bajo su responsabilidad.

—¿Y qué hago con los tres de atrás?

—Pues esperamos un rato, o… ¿no tienes sus números en el listado de pasajeros?

—¡Sí, es cierto!

Fue corriendo al autobús a por ella y los buscó con rapidez. Cada uno tenía un teléfono apuntado al lado de su nombre, así que llamó al primero. No hubo contestación, así que probó con el siguiente.

—¡JC al habla! —gritó el chico, al poco.

—¿Dónde estáis?

—¿Papá?

—¡Soy Jake, el del autobús!

—Ah, qué susto, pensaba que eras mi padre. ¡Tíos, es el plasta del bus!

—¡Te he oído! ¿Eso del susto quiere decir que no tienes permiso de tus padres para viajar ni ir al concierto?

—Esto… ¿no?

—¿Dónde estáis?

—Camino Nashville.

—¿Dónde y cómo?

—¿Qué eres, la policía?

—Soy el responsable de vuestro viaje, así que dime dónde estáis para ir a buscaros y poder continuar.

—Ah, relax, vamos con unas titis que hemos conocido y nos llevan ellas. Nos vieron ahí, abandonados, y nos cogieron en su coche. Son super majas, nos han compartido sus porros y todo, así que les hemos dado de lo nuestro, y…

—Detalles no, por favor. —Suspiró—. Bien, pues… Qué remedio, haced lo que os dé la gana, solo quiero que estéis a la hora para volver.

—Sin problema, jefe.

Le colgó y Jake regresó junto a River, porque Leroy se había alejado de las herramientas y la rueda, por si le caía alguna tarea más.

—Otros desaparecidos —informó, mientras se agachaba—. Ya los veremos al volver.

—Bueno, al menos te han cogido el teléfono.

Se acuclilló a su lado y toqueteó las llaves. Sacó una y tiró del gato para colocarlo debajo, a lo que Jake lo ajustó y empezó a darle a la palanca para elevar el autobús lo suficiente y poder maniobrar.

—Recuérdame que no vuelva a dudar de Murphy —resopló.

River lo miró, descubrió que estaba sonriendo y le devolvió el gesto. Dios, estaba perdida.

CAPITULO VII

Una vez los pasajeros presentes estuvieron acomodados en el autobús, Jake se acercó a Leroy para ver si ya tenía clara la ruta a seguir. Suponía que, con todo el rato que habían estado fuera buscando la rueda, el conductor habría tenido tiempo de sobra de comprobar dónde estaban y cómo llegar a su destino.

—Llegamos seguro —se limitó a responder él, una vez al volante.

—Pero ¿sabes dónde…?

—No te preocupes más, vamos por el buen camino. Lo que haré será pisar un poco el acelerador para recuperar algo del tiempo que hemos perdido aquí.

Jake no dudaba de esa parte, aunque le escamaba que no contestara a la pregunta con exactitud. Sin embargo, las ganas de ponerse de nuevo en carretera podían más, así que afirmó.

Leroy arrancó el motor… y una grúa apareció frente a ellos como por arte de magia, cerrándoles el paso.

—¿Qué coño…? ¡A buenas horas! —exclamó Jake.

Le hizo un gesto al conductor para que abriera la puerta, y este se apresuró a obedecer. Jake bajó al mismo tiempo que el hombre que conducía la grúa, que fue a su encuentro acompañado de un chico joven.

—Hola, ¿han llamado por una rueda? —preguntó—. Somos del seguro.

—Sí, llamamos hace como mil años —gruñó Jake—. Habéis tardado tanto que ya no necesitamos nada, fuimos a por la rueda nosotros mismos y ya está cambiada.

El hombre chasqueó la lengua y estudió el autobús.

—¿La han cambiado ya?

—Exacto. ¿Te importa mover la grúa para que podamos irnos? Llevamos mucho retraso.

—Es que no puedo.

—¿Cómo que no puedes?

—Mira, yo tengo que cambiar la rueda, ¿comprendes?

—Te estoy diciendo que no hace falta —murmuró Jake, sintiendo que perdía la paciencia.

¿Acaso no iban a poder escapar de aquel claro en el bosque?

—Es que nuestra obligación es hacerlo, de lo contrario no podemos certificar el servicio. Y de aquí no nos vamos sin certificarlo, porque entonces no nos pagan.

Incrédulo, Jake se cruzó de brazos.

—Pues tenemos un problema —dictaminó—. Porque la rueda está cambiada.

—No pasa nada. —El hombre afirmó, sonriente—. La quitáis, nosotros ponemos la nuestra, y arreglado.

—¿Y qué sentido tiene eso?

—El seguro habrá cumplido su función, nosotros cobramos, vosotros tenéis la rueda… todos salimos ganando.

—Perdona, pero el seguro no ha cumplido su función en absoluto —reprochó Jake, molesto porque encima se lo tomaban a cachondeo—. Les llamamos hace dos horas, así que no, no todos salimos ganando. Tenemos un horario que seguir y gracias a vuestra tardanza, ya vamos mal.

Los dos hombres se miraron, indecisos.

—Lo sentimos, hombre. Hemos tenido una mañana de locos. —Puso cara de súplica—. Venga, no tardaremos nada. Nos pondrían un negativo.

—¿Un negativo? —repitió Jake, pensando que había escuchado mal.

—Sí, un signo negativo junto a nuestro nombre.

—¿Como en el colegio?

—Igual, solo que aquí te juegas elegir vacaciones y cosas así.

El hombre suspiró, desesperado. ¡Joder, encima era un blando! Si lo único que quería era que pasara el dichoso concierto y ese viaje horrible llegara a su fin.

—Vale, vale. Adelante.

—Sí, esto… lo que pasa es que nosotros no podemos quitar la rueda que has conseguido, tienes que hacerlo tú.

—¿Encima?

—Son las reglas, amigo. Iremos sacando la oficial.

Sin esperar respuesta, fue a toda prisa a la grúa, seguido por su compañero. Solo faltaba que aquel hombre cambiara de idea y los mandara a paseo.

River, que seguía la charla desde su asiento del autobús, se levantó con rapidez al ver que Jake desaparecía por un costado del vehículo. Bajó las escaleras, preocupada, y esa sensación se acentuó al encontrarlo otra vez tirado en el suelo con la caja de herramientas al lado.

—¿Qué pasa ahora? —preguntó.

—¿De cuánto es esa relación con Murphy, decías? Porque se resiste a dejarnos —protestó el, señalando a los hombres con la cabeza—. Nada, dicen que tienen que poner la suya porque si no les echarán la bronca. Así que tengo que quitar esta.

—Es como si nunca fuéramos a salir de este lugar —murmuró River.

Se agachó para ayudarlo, igual que había hecho cuando la colocaron. Seguro que entre los dos no tardaban nada, aunque claro, visto lo bien que iba todo, fijo que los del seguro se tomaban su tiempo para hacer el trabajo.

—¿Noticias de Sun Hee? —inquirió él, mientras usaba el gato por segunda vez en los últimos minutos.

—Aún no ha escuchado el audio, aunque eso no es raro en ella. Puede pasarse horas sin mirar el móvil.

—Tranquila, seguro que está bien y os encontráis en Nashville.

—Ella lleva las entradas, así que... —Le pasó una herramienta, con una mueca.

—No disimules, que no creo que te importara mucho perderte el concierto —bromeó Jake.

—Bueno, si tengo que elegir entre el concierto y quedarme charlando contigo...

No terminó la frase, y Jake la miró. ¿Qué iba a decir, que preferiría quedarse con él? ¿Era aquello una indirecta para que le pidiera una cita o algo así? No podía negar que eso le gustaría, River le parecía simpática y, desde luego, era muy guapa. Aunque... joven para él, ahora que lo pensaba. ¿Una chica de treinta, ligando con uno de cuarenta y tres? ¿Seguro que no se lo estaba imaginando? Era tan fácil confundir amabilidad con coqueteo en ocasiones...

—¿Qué elegirías? —preguntó.

River abrió la boca para responder... y, de repente, una rueda apareció a toda velocidad directa hacia ella. Impactó contra su cuerpo, haciendo que cayera de espaldas, y se quedó allí tirada, medio atontada por el golpe.

—¡Ay, Dios! —exclamó uno de los hombres del seguro—. ¡Se me ha escapado! ¿La chica está bien?

Jake se arrastró, saliendo de debajo del autobús, y se apresuró a acercarse a River, que parpadeaba con expresión confusa.

—¿Estás bien?

—¿Me ha atacado una rueda? —balbuceó ella.

—La odisea de la rueda, segunda parte. —Jake la ayudó a ponerse derecha y examinó su rostro en busca de algún rasguño o moratón, sin ver nada excepto esos ojos verdes que tan bonitos le parecían—. Esta será una buena historia que contar a los amigos, ¿no crees?

—Eso si salimos vivos —repuso la joven, aún con aquella expresión atolondrada—. ¡Vaya! Menuda historia de amor la mía con las ruedas, he tenido más acción con ellas que durante los últimos meses con cualquier tío.

Al momento se calló, abochornada. ¿Por qué había soltado algo semejante? ¿Estaría sufriendo una conmoción, o era que la presencia de Jake la alteraba y hacía que se le soltara la lengua de esa manera?

¡Ella no sabía ser suave! No se le daban bien los coqueteos sutiles, pero Jake no hacía más que poner cara de susto a la menor indirecta, de modo que quizá debería intentar ser suave. Hacer las cosas que hacía Skylar, por ejemplo, solo que se imaginaba imitando a su amiga y la imagen que le venía era de lo más ridícula. ¡Si ni siquiera utilizaba *gloss*! Y lo de los golpes de cabello tampoco eran lo suyo… una vez lo intentó ante un tío, y este le preguntó si le molestaba algún bicho. No, la sutileza y ella no tenían nada en común.

—¿Seguro que estás bien? —insistió Jake, frotándole el brazo—. Te has quedado ausente.

River asintió.

—¿Por qué no subes al autobús mientras yo termino esto? No quiero más accidentes.

La chica se levantó, frotándose los vaqueros y la nuca. A ese paso, suerte tenía si conseguía llegar al concierto de una sola pieza… aunque, en el lado positivo de la balanza, era la segunda vez en un corto espacio de tiempo que había tenido a Jake tan cerca como para besarle.

—¿Estás bien? —le preguntó Leroy, cuando pasó por su lado—. He visto la rueda salir rodando y cómo te llevaba por delante, parecía una jugada de bolos.

—Muy gracioso —refunfuñó ella.

Regresó a su asiento y volvió a coger el móvil, esperando que Sun Hee ya hubiera escuchado su audio. Jake volvió a la tarea de sacar la rueda que tanto les había costado conseguir y, unos quince minutos después, por fin terminó.

—¿Qué hago con ella? —preguntó a los tipos del seguro.

—Puedes ponerla donde debería ir la rueda de repuesto —sugirió uno.

—O devolverla a la tienda.

Jake sacudió la cabeza, apartándose para dejarles trabajar. Ni loco pensaba volver al sitio aquel, no iba a recuperar su dinero y fijo que Patrick encontraba la manera de sacarle los billetes que le quedaban en la cartera. No, gracias.

Telefoneó a su hermana para informarle de que los del seguro se habían presentado al final y después se cruzó de brazos, controlando las manecillas del reloj.

No sabía si era cosa suya, pero le parecía que los hombres eran especialmente lentos. No le extrañaba que se les hubiera complicado la mañana, entre el rato que perdían charlando entre ellos y que le recordaban a los perezosos moviéndose…

Desesperado, empezó a pasear por el claro de un lado a otro, jurando por lo bajo. ¿Qué iba a hacer si después del concierto no encontraban a los perdidos? Era su responsabilidad llevarlos, le podía caer una buena si a alguno le pasaba algo… por otro lado, todos eran mayores de edad y habían abandonado el autobús por voluntad propia, así que no estaba seguro de que pudieran pedirle explicaciones en caso de que sucediera algo.

—Esto ya está. —El hombre se acercó con unos papeles en la mano—. Si firma aquí, todos seremos libres.

Jake hizo un garabato apresurado, deseando perderlos de vista de una vez. Claro que la cosa no acababa ahí, pues ahora debía pensar qué diantres hacía con la rueda que sobraba; lo de colocarla en la zona donde debería estar la de repuesto era una buena idea, aunque incluyera volver a arrastrarse debajo del vehículo.

Se acercó hasta la puerta y miró a Leroy, carraspeando.

—Voy a poner la rueda en su sitio —dijo—. Por favor, no me pases por encima.

—Tranquilo, jefe, yo nunca haría eso.

No sabía el motivo, pero las palabras de Leroy nunca lo tranquilizaban. Igualmente debía hacerlo, de modo que decidió no retrasarlo más para irse lo antes posible.

Le llevó una media hora y, para cuando terminó, tenía un agujero en el estómago. Al mirar la hora, comprendió por qué: eran más de las tres y no habían comido nada desde la primera parada para el desayuno.

—Bueno —dijo, una vez estuvo dentro del autobús—, parece que al fin nos vamos. —Los aplausos casi lo dejaron sordo—. Sí, ¡yo también me alegro! ¿Os parece bien si cuando veamos un área de servicio o restaurante de carretera nos paramos a comer algo? Será rápido.

A los que quedaban ya les daba igual media hora arriba, media hora abajo, de modo que hubo un asentimiento general. Además, el hambre era lo único que podía hacer que todos estuvieran de acuerdo en algo.

—En camino pues —anunció Leroy, encendiendo el motor.

Se pusieron en marcha y, durante unos veinte minutos, hubo paz durante el trayecto. Jake dejó escapar el aire, relajándose contra el respaldo para disfrutar de ese momento tranquilo. Casi no se lo podía creer; de no ser porque aún llevaba hierba y tierra en la ropa, se pensaría que todo había sido una pesadilla.

Entonces, Leroy vio una señal de desvío y se metió por la carretera indicada hasta llegar a un área de servicio. Bien, volvían a la civilización, y por las señales que había en el aparcamiento que indicaban varias direcciones, iban bien encaminados.

—Un par de horas a Nashville —comentó Jake, una vez Leroy detuvo el vehículo.

—¿Lo ves? Te dije que llegaríamos.

El conductor le dio una palmadita y bajó de un salto para encender un cigarrillo. Jake se giró a los pasajeros.

—Vais a venir detrás de mí —indicó—. ¿Habéis visto algún documental sobre patos? Pues así es exactamente como os quiero, en fila y sin que os disperséis. Entraremos ahí dentro juntos, iremos a comer juntos, al baño juntos y otra vez aquí juntos. ¿Entendido?

Recibió un montón de miradas de perplejidad, pero no se dejó amedrentar.

—Nadie más se va a perder. ¿Está claro?

Hubo una serie de murmullos, aunque nadie se negó.

—Estupendo, pues vamos.

Jake bajó el primero y se cruzó de brazos en la entrada: a cada pasajero que bajaba, le indicaba el sitio que había tras él. Así hasta que el grupo al completo estuvo en la calle, momento en que Jake echó a andar asegurándose de que lo seguían.

Y de ese modo, en fila india y a paso acompasado, irrumpieron en la cafetería. Decidieron visitar los lavabos primero, por lo que Jake eligió custodiar la puerta en la zona de hombres, mientras que River se ofreció a hacer lo mismo en la de mujeres.

—¿Sabes que eres una estupenda auxiliar de viaje? —le dijo Jake, alzando la voz para ella pudiera oírle desde donde estaba.

—¿En serio? —gritó la chica—. ¡Lo hago encantada!

—¡Sí, como sigas así tendré que pagarte un porcentaje al acabar! —Un hombre que pasaba por el medio lo miró, así que Jake le metió prisa—. ¡Pase, pase, aquí no hay nada que ver!

River controló una carcajada. Jake se estaba librando a pasos agigantados de su formalidad inicial, seguro que si unas horas antes le hubieran dicho que estaría en plan guardia de tráfico manejando a un grupo de fans no lo habría creído.

—¡No me importaría! ¡Pondría tu nombre en los agradecimientos de mi local!

—¡Sigo pensando que deberías comentárselo a tu amiga!

—¿De verdad?

—¡Por supuesto! ¡No tienes que pedírselo, seguro que solo con contarle tu idea te lo ofrece ella misma!

—¡A lo mejor te hago caso!

—¿Podéis parar de gritar? —intervino Percy, frotándose el oído—. Me estáis dando dolor de cabeza.

—¿Has vomitado? —preguntó Jake.

—¿Ha vomitado? —vociferó River.

—No es necesario que se entere todo el mundo —refunfuñó el chico—. No, no he vomitado. A lo mejor después de comer algo.

Por fin, todo el mundo salió de los lavabos y volvieron a unirse en un solo grupo. Formaron la fila india para entrar al comedor, y Jake les ordenó permanecer así mientras hacían cola para coger la comida. Con las bandejas en la mano, fueron pagando en el mismo orden y después los obligó a sentarse en la misma mesa, la más grande del comedor.

Leroy entró el último, según terminó de fumar, y no tardó en reunirse con ellos tras coger un sándwich y una soda.

Más tranquilo al ver que nadie desaparecía misteriosamente, Jake se dejó caer en la silla junto a River y examinó su comida: en circunstancias normales no habría tocado aquel bocadillo reseco, pero tenía tanta hambre que todo le daba igual.

—¿Por qué pagamos ocho dólares por esta comida rancia? —dijo River, como si adivinara sus pensamientos—. Si estuviera con las chicas, estaríamos en nuestro restaurante favorito.

—Ves mucho a tus amigas, ¿verdad?

—Es mi familia, sí. Las veo más que a mis padres, si he de ser sincera. —River le dio un mordisco a su bocadillo y después un sorbo al refresco—. Somos un grupo muy completo, nos conocemos de toda la vida. ¿Y tú?

—¿Yo, qué?

—¿Tienes muchos amigos? No llevas anillo, por lo que deduzco que casado no estás…

—No, no estoy casado. —Jake se tocó la mano de forma instintiva—. Nunca he conocido a nadie con quien haya llegado siquiera a plantearme pasar por el altar.

—¿En serio?

—Por completo. Es difícil de creer, pero eso es solo porque nos llenan la cabeza con todas esas ideas de la media naranja.

La chica dejó de masticar y le lanzó una mirada inquisitiva.

—¿Qué quieres decir?

—Esa idea sobrevalorada del amor romántico. Hay muchas personas que no lo encuentran, no tiene nada de particular, solo que con tantas películas, series y libros que nos dicen lo contrario, pensamos que somos raros.

—Ya veo. Tus relaciones salieron mal, ¿no?

—Ese es el problema: no siempre. Incluso en un par de ocasiones, yo pensaba que todo iba bien cuando ella, al parecer, pensaba en dejarme. No sé, las mujeres son… sois un misterio para mí, ya no pretendo comprenderlas, o comprenderos.

River le puso la mano en el brazo y apretó para darle ánimos. Se veía que no había tenido suerte en el amor, el pobre, ¡con lo atractivo que era!

—¿Y has hecho voto de castidad? —preguntó, por si acaso.

Porque si pensaba seguir ligando, o intentándolo, al menos… mejor saberlo cuanto antes, no fuera a ponerse en ridículo para recibir una negativa.

—Claro que no, o al menos, no a propósito.

Ella se echó a reír ante la naturalidad de la respuesta, y Jake no tardó en imitarla al darse cuenta del surrealismo de la conversación. Mejor se dedicaba a comer y no seguía por ahí, porque menuda publicidad se estaba haciendo… a ese paso, River creería que estaba desentrenado a un nivel superior.

—No te preocupes —comentó River—. Yo soy de tu mismo club, los de la mala suerte. Y cada año voy a peor, y eso que casi todas mis amigas están felizmente emparejadas.

—¿Todas?

—Menos Sun Hee. Porque claro, ella no quiere a nadie que no sea Dennis. —Él alzó la ceja—. El guitarra de Strigoi.

—Ah. Alguien accesible, veo.

La joven se encogió de hombros, sin dejar de comer.

—Lo hemos hablado con ella montones de veces, pero es que no es algo que pueda controlar, supongo. Si solo piensa en él, pues solo piensa en él.

—Debe ser muy frustrante.

—No lo lleva mal, imagino que algún día se cansará o encontrará alguien que capte su atención y le haga olvidarse un poco de Dennis —sonrió ella.

—Igual con este concierto se calma.

—Hablando del tema… —River sacó el móvil para ver si al fin Sun Hee había respondido, encontrándose con que no—. Qué raro. Espero que esté bien.

—Seguro que sí. Estará en alguna furgoneta con una comuna de *hippies*, cantando canciones de los setenta y a punto de llegar, por eso no podrá mirar el teléfono.

River asintió, aunque eso no restaba preocupación.

—Espero encontrarla en la fila —repuso.

—Verás como sí. —Echó un vistazo para comprobar cuánto les quedaba para terminar—. En diez minutos nos marchamos, no llegaremos tarde a menos que un ovni aterrice sobre nosotros o algo por el estilo.

—No lo digas por si acaso. —Ella sacudió la cabeza, divertida.

CAPÍTULO VIII

—La voy a matar.

Jake miró a River, que se acercaba a la parte frontal del autobús. Acababan de aparcar en una zona cercana al lugar del concierto y Jake había avisado de que podían descender todos los que quedaban en el autobús. Allí mismo se encontrarían para el viaje de vuelta, una hora después de que finalizara el concierto. Así todos tenían tiempo de salir estuvieran donde estuvieran, ir al baño o cualquier otra incidencia que pudiera ocurrirles, que visto lo visto, podía ser cualquier cosa.

—¿A Sun Hee? —se aventuró a preguntar.

—Claro. —Le enseñó su teléfono, como si él pudiera comprobar así sus mensajes en un segundo—. ¡No ha escrito nada desde que subió a esa furgoneta!

—Seguro que está bien.

—Pues podría decirlo, que ya le vale. —Volvió a mirar el móvil y se lo guardó en el bolsillo, colgándose la mochila—. En fin, voy a ver si la encuentro.

—Te acompaño, tengo que encontrar también al trío celestial.

—Yo me voy a estirar las piernas —dijo Leroy.

Al momento, Jake se volvió como un resorte y lo miró.

—Tú no te alejes —le advirtió.

—¿Perdona? Ahora tengo tiempo libre.

—Eso da igual, te quedas cerca del autobús por si aparece alguno de los desaparecidos y me informas al momento, ¿entendido? Y si vas al baño o lo que sea, cierras bien, no vayan a robarnos el autobús, que sería la único que nos faltaba.

Leroy le hizo el saludo militar y sacó su paquete de cigarrillos.

—Sí, jefe, señor, sí —espetó—. Haré ronda alrededor del autobús.

Jake frunció el ceño, pero decidió que no merecía la pena discutir y se bajó detrás de River. Aún faltaban unas horas para el concierto, pero ya se veía muchísima gente y su esperanza de encontrar a alguno decayó bastante.

—Esto va a ser como buscar una aguja en un pajar —murmuró.

—La mayoría de esta gente está pululando por los puestos de recuerdos y comida, yo creo que mejor vamos a la entrada principal y miramos en las colas. Sun Hee y las chicas deberían estar ahí, y los lerdos… pues supongo que también.

—¡BUARGH!

Sin inmutarse, ambos miraron hacia un lado, donde estaban Percy y Roy. El primero suspiró y levantó el pulgar hacia ellos.

—¡Estoy bien, según me aleje del autobús se me...!

No pudo decir nada más: mientras hablaba, dos guardas de seguridad que pasaban por allí le engancharon por los brazos.

—Atención, tenemos un 43 junto a los aparcamientos de autobuses. Enviad una ambulancia.

—¡Socorro!

—¿Qué hacéis? —exclamó Roy, aunque sin acercarse a aquellos tipos de dos por dos metros, por si acaso—. ¡Es mi amigo!

—La entrada al recinto está prohibida bajo los efectos del alcohol o alucinógenos, y este chico, obviamente, ha tomado algo. Le haremos unas pruebas toxicológicas.

—¡Estoy bien! —repitió Percy, asustado—. No me detengáis, que quiero entrar al concierto, por favor.

Jake cogió aire y se acercó a ellos, con River a su lado, que no se quería perder detalle.

—Hola. Soy el encargado de ese autobús. —Lo señaló—. Este chico venía conmigo, solo está mareado.

—¿Puede demostrarlo?

—No, pero…

—Pues entonces no moleste.

Jake parpadeó, porque no se había esperado una respuesta tan tajante. Percy, que ya había perdido su tonalidad verdosa, empezó a gimotear.

—Me voy a perder el concierto, me voy a perder el concierto…

—Chaval, la ambulancia está de camino, llegará enseguida. No tardarán ni cinco minutos en hacerte las pruebas, así que relájate.

Con el «enseguida» del seguro en mente, ninguno de los presentes tenía la menor confianza en que aquello fuera a llevar poco tiempo. Roy, incluso, se planteaba si dejar a su amigo allí con su entrada y marcharse con la suya, porque una cosa era la amistad y el apoyo moral, y otra perderse a Strigoi con lo que les había costado llegar.

Por suerte (y sorpresa) para todos, la ambulancia apareció cinco minutos después. De ella se bajaron dos enfermeros, que miraron a Percy. Aunque ya no estaba verde, seguía teniendo mala cara, y el agobio de imaginar que iba a perderse el concierto le había hecho enrojecer.

—Sube a la camilla —le indicó uno.

Y entonces sí, se puso verde de nuevo y se llevó la mano al estómago.

—¿No podéis hacerle la prueba aquí? —sugirió Jake—. Se marea en los coches.

Los dos chicos se miraron y se encogieron de hombros. Uno sacó la máquina para que soplara y, con el esfuerzo, el chico casi se dejó los pulmones. Al momento, marcó cero, y el otro le hizo una prueba de saliva.

Todos se quedaron expectantes mientras esperaban a que salieran las rayitas en el trozo de plástico.

—Madre mía, esto tiene más intriga que una prueba de embarazo —murmuró River, a lo que Jake la miró—. Que nunca me he hecho ninguna, pero me lo imagino.

—Negativo —anunció el enfermero.

De la emoción, Percy se giró a abrazar a su amigo, tropezó y cayó contra el suelo de morros. Al momento, los dos enfermeros lo ayudaron a levantarse y lo sentaron en el borde de la ambulancia… ocasionando que se mareara de nuevo y se llevara la mano al estómago.

—¿Y si tiene apendicitis? —aventuró uno—. Mareos, vómitos, dolor en el costado…

—Llevémosle al hospital, que lo operen —dijo el otro.

—¿Qué? ¿Qué? —Percy miró a uno y a otro como si estuvieran locos—. ¡No me duele nada!

—No te resistas, necesitas cuidados. Es una operación sencilla.

—¡Socorro!

Percy saltó, los esquivó y echó a correr como alma que lleva el diablo en dirección al estadio.

—Bueno, mirándolo ahora… —comentó el primer enfermero—, no parece que le duela nada.

—Y tampoco tenía fiebre.

Jake sacudió la cabeza, aliviado porque ya empezaba a pensar que acabaría la noche metido en un hospital esperando que sacaran a

Percy de quirófano, y a ver qué hacían después. En la vida le había ocurrido algo semejante, porque, ¿cuánto duraba una intervención de apendicitis? No quería ni pensar en cuántos días debería pasar ingresado, ¡menuda pesadilla!

—Bien, pues nos vamos —dijo, cogiendo a River del brazo.

—Sí, ¡voy a ver si lo alcanzo! —exclamó Roy, antes de echar a correr tras su amigo.

River, encantada del contacto, se despidió con la mano de los tipos de seguridad y de la ambulancia y se dejó llevar también dirección al estadio.

—Menudo susto —comentó.

—Calla, no quiero ni pensarlo.

La soltó, y ella pensó en alguna excusa para agarrarlo del brazo que no fuera toquetearle sin más, y como no la encontró, se quedó con las ganas.

Según se iban acercando a la entrada principal, vieron que la cantidad de gente iba en aumento, aunque sí que era cierto que muchos estaban en grupos charlando sin preocuparse de hacer cola, la cual encontraron un cuarto de hora después. En realidad, había tres: una por cada puerta de entrada. La gente estaba sentada en el suelo, y Jake recorrió las filas con la vista.

—Si no fueran todos de negro sería más fácil —refunfuñó.

Entonces, vieron a tres chicos de pie recorriendo la primera de las colas. Se agachaban, hablaban y seguían, repitiendo el proceso con cada grupito de gente.

—¿Son ellos? —preguntó Jake por si veía mal.

—Creo que sí.

Se acercaron más y, al verlos, JC, Emmet y Carlos los saludaron de forma entusiasta, agitando las manos en el aire.

—¡Hombre, nos habéis encontrado! —exclamó el primero.

—No me hagas hablar —murmuró Jake—. ¿Qué hacéis dando vueltas entre la gente?

—Buscando entradas —replico Emmet, encendiéndose un porro.

—¿Qué? ¿Las habéis perdido? ¡Y apaga eso, que os van a detener!

Al momento, los tres miraron a su alrededor, buscando a la policía. Al no ver a ningún agente, en lugar de apagarlo, Emmet se lo pasó a Carlos y sacó otro.

—No, es que no tenemos —contestó JC.

—¿Que no tenéis entradas? —esa fue River, que no daba crédito—. ¿Os habéis metido una paliza de no sé cuántas horas para venir sin entradas?

—Siempre suena la flauta —dijo Carlos—. Alguien que no viene y su amigo las vende, por ejemplo. La reventa siempre existe, también, o alguna puerta poco vigilada, así que… entraremos de alguna forma u otra.

Jake decidió ignorar la parte de la puerta, o los porros, o… bien, todo en general, y señaló hacia el aparcamiento, ya lejano.

—Os quiero ahí en cuanto acabe el concierto, ¿entendido?

—No, si cuando te confundí con mi padre no andaba descaminado —dijo JC.

Jake le fulminó con la mirada y el chico dio codazos a sus amigos.

—Venga, vamos a seguir buscando —repuso, carraspeando—. Estaremos ahí, fijo.

Los tres se despidieron y Jake los observó alejarse sin ninguna confianza.

—Seguro que van —lo reconfortó River, aunque tampoco las tenía todas consigo.

Sin decir nada, Jake alcanzó a los chicos en tres zancadas y la chica miró cómo hablaba algo con ellos, les hacía sacar el móvil y luego se alejaba para volver junto a ella, mirando el suyo.

—¿Qué has hecho? —le preguntó.

—Obligarlos a sincronizar sus móviles con el mío y activar la geolocalización. Así sé dónde están, por si acaso.

—Buena idea, voy a obligar a Sun a hacer lo mismo. Después de matarla, claro.

Seguía sin recibir ningún mensaje de su amiga y el resto del grupo también preguntaba por ella, así que la amenaza de muerte ya provenía de prácticamente todas ellas menos Romy, que debía estar tan relajada en la playa que no había comentado nada desde hacía horas.

—Puedo buscar a Sun yo sola —dijo, por si Jake se había cansado ya de desertores, vomitadores y fans locos en general.

—Tranquila, después de todo lo que me has ayudado, es lo menos que puedo hacer por ti.

Le sonrió, y River pensó al momento en otro tipo de favores que no le importaría que le hiciera.

—¿Quieres beber algo? —le preguntó él—. Pareces acalorada.

Ella parpadeó y se tocó las mejillas, bien calientes por si tenía alguna duda, y afirmó con la cabeza.

—El calor de Nashville, ya sabes —contestó.

Cogieron unos refrescos en uno de los puestos y recorrieron toda la primera cola, sin éxito. Pasaron a la segunda, sin dejar de mirar por si acaso a la gente que se paseaba, y cuando estaban a mitad, escucharon un grito:

—¡River!

Los dos se giraron y vieron a Sun Hee, Mandy y Selena en medio de la siguiente fila, las dos últimas sentadas con las piernas cruzadas.

Sun Hee corrió hacia la pareja y, antes de que River pudiera decir nada, se abrazó a ella hipando.

—Tenías razón, soy lo peor —sollozó—. Adiós entradas, cabrones, y ahora aquí en la cola para nada después de una caminata del copón. ¡Para nada! Y colarnos no, no sé qué hacer, qué desastre.

Jake dio un sorbo a su bebida, escuchando la retahíla, y cuando acabó miró a River.

—No he entendido nada —observó.

Ella suspiró, apartó a Sun Hee para que la mirara y la cogió por los hombros.

—Repite, despacio —le pidió.

—Que los cabrones del autostop nos han robado los bolsos y estamos indocumentadas y sin entradas —resumió Mandy.

—Y hemos cogido sitio en la cola mientras pensamos una solución —terminó Selena.

River se tragó el «te lo dije», su amiga ya tenía bastante con el disgusto y tampoco solucionaría nada.

—¿Habéis llamado a la policía? —preguntó.

Las tres se miraron, negando con la cabeza.

—Teníamos que llegar —explicó Mandy—. Ya haremos denuncia al volver, ahora no podemos perder el tiempo en eso.

—¿Qué aspecto tenían? —preguntó Jake.

—Pelo largo, ropa negra… —empezó Sun Hee de forma vaga.

Él elevó una ceja, a lo que la chica enrojeció.

—Vale, no es muy útil —admitió.

—Se parecían a esos —señaló Mandy.

Entonces, Sun Hee y Selena miraron y gritaron a la vez:

—¡Son ellos!

Al verlas, los chicos echaron a correr, pero no contaban con el ataque de una fan de Strigoi desesperada por ver a «su» Dennis: Sun Hee corrió, batiendo algún récord mundial, y se lanzó sobre la espalda del primero que pilló, haciendo que los dos cayeran al suelo. El chico se la intentó quitar de encima, pero ella se puso a darle manotazos sin parar.

—¡Cabrón! ¡Dame mis entradas! ¡Te voy a sacar los ojos!

—¡Socorro!

—¿Dónde las guardas?

Entre manotazo y manotazo, tiró de su chaqueta, de su camiseta, de sus pantalones… El chico no tenía manos para defenderse de tanto ataque, hasta que de pronto se vio liberado del peso. Se levantó para huir, pero chocó con Jake, que lo sujetó por la chaqueta.

River sostenía a Sun Hee, que estaba hecha una furia.

—¡Suéltame, que lo mato!

—¿Qué pasa aquí?

Atraídos por el bullicio, los dos guardas de seguridad que habían cogido a Percy se habían acercado y observaban al grupo.

—¿No nos hemos visto antes? —le preguntó uno a Jake.

—Sí, esto es… otro tema —contestó él, agitando al tipo hacia ellos—. Este sinvergüenza ha robado a unas… amigas.

—¡A mí! —gritó Sun Hee, como una posesa—. ¡Mi bolso, y mis entradas!

Los guardas miraron al chico, que tiró la mochila que llevaba a la espalda al suelo frente a él.

—¡Está todo ahí! —exclamó—. ¡Pero no dejéis que se acerque a mí esa loca!

—¿Todo? —Ella cogió la mochila, emocionada.

—Bueno, menos el dinero que lo hemos gastado y las entradas, que las hemos vendido…

Sun Hee arremetió de nuevo contra él, y River a duras penas la pudo retener. El chico se arrimó más a Jake, que seguía sujetándolo, y alargó las manos hacia los de seguridad.

—¡Detenedme, detenedme, llevadme lejos que esta chalada me mata!

—¡¿Loca?! —Sun Hee tenía los ojos que se le salían de las órbitas, cosa complicada teniendo en cuenta lo rasgados que eran—. ¡¿A quién se las habéis vendido?!

—¡No sé, a unos tíos!

River arrastró a Sun Hee unos metros para alejarla de allí, mientras Jake hablaba con los de seguridad, que estaban llamando a la policía. El tema ya era un delito, por lo que no podían ocuparse ellos, sino que tenían que avisar a las autoridades competentes.

—Tranquila, Sun —le dijo River, frotándole la espalda.

—Con lo que nos ha costado llegar hasta aquí… —sollozó—. Y voy y me dejo robar como una idiota.

—Le podía haber pasado a cualquiera. Al menos estás bien y has recuperado la cartera y el móvil. Que vale, no es mucho consuelo, pero piensa que así podrás contestar en el grupo, que estábamos ya todas dispuestas a matarte por no dar señales de vida.

Sun Hee suspiró moviendo la cabeza, imaginándose los mensajes y las amenazas. Normal, con lo que se preocupaban todas de todas. No podía culpar a nadie de lo que había pasado más que a sí misma, y miró a su alrededor con tristeza. Tan cerca… y a la vez tan lejos, toda aquella gente entraría a ver a Strigoi, uno de ellos con su preciada entrada, y no podía hacer nada.

Abrió la mochila y miró el interior. Efectivamente, estaba su cartera y su móvil, así como las de Selena y Mandy.

—Voy a darles esto a las chicas.

River le hizo un gesto a Jake para avisarlo de que volvía enseguida y la acompañó hasta la cola. Al verla, Mandy y Selena se incorporaron sonrientes.

—¡Buenas noticias! —dijeron.

—¿Habéis conseguido entradas? —aventuró Sun Hee, emocionada.

—Qué va, valen una pasta en la reventa —dijo Selena.

—Hay un bar aquí al lado que va a hacer una fiesta de Strigoi, vamos a ir allí. Menos es nada, ¿no?

—No es lo mismo en absoluto —replicó la coreana—. Tengo vuestras cosas, por cierto.

Les devolvió sus móviles y carteras, contándoles su encontronazo con el ladrón.

—Qué cabrón —dijo Mandy—. Espero que se le caiga el pelo.

En aquel momento, vieron que se acercaban dos policías con el tipo en cuestión, más Jake y los guardas.

—Buenas tardes —saludó uno—. Venimos a tomaros declaración por el robo de vuestras pertenencias.

—¿Tenemos que ir a comisaría?

—No será necesario, es un hurto menor.

—Hombre, tanto como menor… —refunfuñó Sun Hee—. ¿No cuenta el daño moral? ¡Porque ese es infinito!

Fulminó al chico con la mirada, que, esposado, se escondió detrás de uno de los policías.

—¡Y eran dos, que quede bien claro! —añadió.

—Bien, según tenemos entendido, subieron ustedes tres de forma voluntaria al vehículo de los acusados y…

—¡Protesto! —exclamó Sun Hee, sobresaltando a todos.

—Esto no es un juicio, cariño —le susurró River.

—Eso no es relevante para el caso —siguió la aludida, con el ceño fruncido—. Que subiéramos con ellos no les da derecho a robarnos, vamos, ¡lo que nos faltaba por oír!

—Señorita, cálmese que no hemos hecho tal declaración. Solo estamos estableciendo la línea temporal de los hechos.

—Ah. —Carraspeó—. Perdón.

—Bien, las cogieron haciendo autostop. —Las tres afirmaron—. Y en una parada, las dejaron…

—¡Tiradas! —terminó Sun Hee.

—¡Abandonadas! —gritó Mandy.

—¡Solas! —exclamó Selena.

—Bien, queda claro. Y sus pertenencias estaban en la furgoneta.

—Exacto. Y ya no los vimos más hasta llegar aquí, que conseguimos pillar a ese. —River lo señaló—. El otro salió corriendo. Menudo amigo, mira cómo te ha dejado tirado a las primeras de cambio.

—¿Qué les falta?

—El dinero y las entradas, que son irreemplazables.

Mandy y Selena afirmaban enérgicamente a cada una de sus palabras, mientras los policías anotaban en una libreta.

—Bien, pues necesitamos sus datos y ya les llamaremos para ratificar sus testimonios e informarlas si se las necesita en caso de juicio.

Se acercó a ellas para que el tipo no escuchara aquella información y, cuando ya tuvo todo, miró a su compañero, que se encogió de hombros.

—Yo creo que tenemos todo —dijo.

—Bien, pues les dejamos. Que tengan buena tarde.

—Como si eso fuera posible —murmuró Sun Hee, con desaliento.

Los policías se fueron con el chico detenido y los guardas regresaron a su trabajo, paseando entre la gente en busca de infractores.

—Voy a contar en el grupo lo que ha pasado.

Sun Hee se sentó en el suelo con cara triste, y River suspiró.

—Ahora vengo —le dijo a Jake.

—¿Qué vas a hacer?

—Tú vigílala, que no me fío de que no intente saltar alguna valla o algo, voy a ver si puedo hacer algo.

—Escucha, yo…

—No, ya has hecho bastante, espera aquí que no tardo.

—Pero…

River lo abrazó, sorprendiéndolo.

—Gracias.

Él parpadeó, porque había sido un gesto tan rápido que no le había dado tiempo a reaccionar, y para cuando se dio cuenta, ella ya estaba alejándose a paso rápido.

—¿Dónde irá?

—Espero que no a la reventa, que valen una pasta.

Jake, que se había agachado junto a la coreana, levantó la vista para localizar a River, pese a que ya no la veía.

—Dile que vuelva, anda —le indicó.

—No sé si me leerá.

—Tú dile que no se le ocurra hacer eso, que se va a dejar el sueldo que no tiene.

Sun Hee lo miró, frunciendo el ceño. Pensaba que, en cuanto River viera lo que pedían se daría la vuelta, pero le entró la duda al pensar en cómo se había puesto ella y lo que su amiga era capaz de hacer por cualquiera, así que rápidamente le envió un mensaje para que no comprara y volviera, que ya encontrarían otra solución. Después, se metió en el grupo de chicas.

Sun Hee: «Ya estoy aquí, chicas, he tenido un problema.»

Kat: «¡Ya era hora! Estábamos preocupadas.»

Skylar: «Media hora más y ya iba a enviar la matrícula a la policía.»

Danni: «¿Qué ha pasado?»

Sun Hee: «Pues que los tíos esos eran unos cabrones, nos han dejado tiradas y robado el dinero y las entradas.»

Empezó a recibir un montón de emoticones de todo tipo de caras enfadadas, rojas y soltando insultos.

Sun Hee: «Les hemos pillado aquí, por eso he recuperado el móvil, pero ahora ya no tengo entrada.»

Los emoticonos, entonces, se volvieron tristes y llorosos, todas comprendiendo al momento su estado de ánimo.

Kat: «¿Qué vas a hacer? ¿Hay en reventa?»

Sun Hee: «Son prohibitivas y, encima, a saber si no me la cuelan y me venden una falsa.»

Skylar: «Lo siento mucho, Sun, qué faena.»

Danni: «¿Y en taquillas fijo que ino hay nada? ¿Aunque sea de última hora o yo qué sé?»

Sun Hee: «Nada de nada, es imposible.»

Kat: «Pobre.»

Sun Hee: «Hay una fiesta en un bar, iré con River a pillar una buena borrachera y así a lo mejor se me olvida todo.»

—Ya viene —dijo Jake.

Sun Hee bajó el móvil y vio que River se acercaba, con cara de mosqueo.

—¡Menudos ladrones! —exclamó, sentándose en el suelo a su lado—. ¿Tú sabes lo que piden en la reventa?

—No tenías ni que haberlo intentado —suspiró Sun Hee—. Aunque gracias.

—Ya he visto tu mensaje —dijo River, mirando a Jake—. Pero quería intentarlo, al menos.

—Es que no es necesario. —Él se metió la mano en el bolsillo y se acuclilló frente a ellas, con un sobre en la mano—. Si me hubieras escuchado, sabrías que…

—La más barata, quinientos dólares. ¿Puedes creerlo?

—Ya, es un robo. Tranquila, iremos al bar ese. —Miró a su alrededor—. Imagino que estas dos se habrán ido para allá.

Mandy y Selena no estaban a la vista, aunque ella tenía la dirección del bar, por lo que no le importaba. Como bien había dicho al grupo, su intención era convencer a River de ir allí y ponerse a beber como si no hubiera un mañana.

—Tengo… —intentó Jake de nuevo.

—¿Vienes con nosotras? —le preguntó Sun Hee.

—¿Al bar? —dijo River, ladeando la cabeza—. ¿Es buena idea? Quiero decir, ponerse justo a escuchar al grupo sin verlos en directo… A lo mejor te deprimes más.

—Pienso beber tanto que me dará igual.

—A ver, Sun, que luego hay que volver al bus, acuérdate de Percy. ¿Quieres ocupar su puesto de vomitadora-no-vomitadora oficial?

—No, pero…

Jake, aburrido de que no le hicieran caso, cogió la mano de Sun Hee, le plantó el sobre y le cerró el puño sobre él.

—Toma, pesada, que sois las dos unas cotorras y no dejáis ni hablar.

River pensó en refutarle aquello, aunque no llegó a ofenderse porque era la verdad: el pobre hombre llevaba un rato tratando de decir algo y no le estaban haciendo caso. De pronto, notó que Sun Hee la agarraba del brazo con tanta fuerza que pensó que le cortaría la circulación y la escuchó balbucear. Alarmada, se giró pensando que le estaba dando por fin un espasmo por todas las emociones del día, y la vio sosteniendo un papel rectangular en la mano temblorosa.

—Es… esto… es… una… Dios, ¿tú…? ¿VIP? ¿Una? ¿Por qué? ¿Cómo?

River la sacudió, sopesando darle un bofetón para sacarla de aquel estado, hasta que su amiga le plantó el papel delante de los ojos y vio que era una entrada marcada con un VIP bien grande.

Miró a Jake, sin dar crédito, y él pareció avergonzado.

—Ni me acordaba que tenía una —comentó—. Me la dio mi hermana, se la regalaron los del club de fans por organizar el viaje. Ni siquiera la había mirado.

Sun Hee tragó saliva.

—¿Sabes lo que es esto? —musitó.

—Por tu cara, ni el ticket dorado de Willy Wonka.

—Eso —repitió Sun Hee—, ESTO es de la zona del escenario. ¡Me garantiza primera fila!

—Bien, me alegro.

Sun Hee lo abrazó, tirándolo al suelo, y casi lo ahogó en el proceso. El pobre Jake miró a River en busca de ayuda, a lo que la chica se acercó para separar a la coreana con gran esfuerzo.

—Te debo la vida —decía ella—. Esto es lo más gordo que nadie ha hecho por mí.

—Seguro que no, que acompañar a una amiga a ver a un grupo que no te gusta, cuenta.

Le guiñó un ojo a River al decirlo, y ella le sonrió. Dios, porque justo Sun Hee pasó a abrazarla a ella y la tenía medio encima, que si no vamos, se lo comía a besos. ¿Se podía ser más mono? Vale que la entrada le daría igual, pero era todo un detalle por su parte.

—Muchas gracias, River, tiene razón. Eres una gran amiga.

—Anda, no seas tonta y vete para dentro, que lo estás deseando.

—¿No te importa que te deje sola? —Miró a Jake y luego a ella—. No, ya veo que no.

River le dio un manotazo, la coreana le sacó la lengua y se levantó de un salto, con la entrada sujeta contra su pecho como si fuera su más preciado tesoro.

—¡Avisa a las chicas! —le gritó.

River supuso que Sun Hee no quería ni sacar el móvil para no soltar el trozo de papel, así que sacó el suyo y le sacó una foto alejándose para enviar al grupo de chicas.

River: «Jake tenía una entrada VIP y se la ha dado.»

Kat: «Hostia puta, River, ese tío entonces no es solo un culo bonito, ¡es de los buenos!»

Danni: «Te iba a decir que calma, que te pierdes, pero es que es un gran detalle, la verdad.»

Skylar: «¿La tenía guardada todo este tiempo? ¿Y no ha dicho nada?»

Kat: «No seas desconfiada.»

River: «Me ha avisado de que no fuera a intentarlo en la reventa y no le he escuchado, la verdad.»

Skylar: «Vale, que no ha sido una cosa oportunista.»

River: «Que no, que no.»

Skylar: «Pues chica, a por él.»

River sonrió y se guardó el móvil, intentando no mostrar ninguna expresión rara en la cara.

—¿Todo en orden? —preguntó Jake.

—Sí.

—¿Quieres ir al bar ese?

—No. —Rio—. A cualquier parte menos a uno con Strigoi, por favor.

Jake sonrió y, al incorporarse, extendió la mano para ayudarla ella, que se la cogió con una enorme sonrisa en la cara. Casi, pensó, igual que la que tenía Sun Hee al alejarse hacia el estado.

CAPITULO XIX

Al igual que en un sueño, Sun Hee entró por la puerta adecuada a su entrada VIP, aún sin creerse del todo que hubiera logrado su fin. No importaba la serie de desgracias que llevaban arrastrando durante el día, porque había conseguido su objetivo: ver a Strigoi. Y encima sin tener que pegarse con la gente a base de codazos, porque lo bueno de la entrada cedida por Jake era que estaba en una zona privilegiada, justo delante del escenario.

A un lado tenían su propia barra, por si querían beber algo y, a pesar de que había una cantidad de gente respetable, Sun Hee sabía que estaría cómoda y que no habría problema alguno en estar cerca del escenario. Aunque intentaría conseguir sitio en primera fila, obvio.

Empezó a merodear por la zona, ya que todavía faltaba un rato para que empezara el concierto. Sonaba música rock y el ambiente estaba caldeado, sobre todo en la zona común donde los fans, incansables, gritaban y jaleaban cualquier mantra que se les ocurriera.

Al menos Strigoi tenían fama de ser puntuales; después del cansancio que llevaba encima, solo le faltaba tener que soportar retrasos. Que lo haría, Sun Hee lo tenía claro, pero si ya le dolían las piernas después de la caminata de kilómetros…

Sintió cierto remordimiento por haber dejado tiradas a Selena y Mandy. A River no tanto porque sabía que el concierto le daba absolutamente lo mismo, aunque se preguntó qué estaría haciendo. Suponía que ir a comer algo con su ángel salvador, y quizá luego esperaran a todos en el autobús.

Fue hasta la barra a pedir una cerveza con el dinero que le había prestado su amiga y examinó al camarero de arriba abajo cuando este llegó con la bebida.

—¿Puedes entrar al *backstage*? —pregunto.

—Solo soy el camarero. —El joven se encogió de hombros.

—¿Y se ha pasado por aquí alguien que pueda acceder ahí?

—Por ahora no. —Cogió el dinero—. Pero suerte.

Sun Hee no creía en la suerte, sino en el esfuerzo. Era de las que pensaban que, si trabajabas lo suficiente, podías conseguir tus metas. En aquel momento, su meta era poder conocer a Dennis fuera como fuera, y mejor si ocurría antes del concierto, porque después seguro que estaba agotado. Se marcharían directos al hotel y allí ya no habría nada que hacer.

Agarró la cerveza y empezó a pasearse entre la gente, escuchando conversaciones aquí y allá. No era la primera vez que en un concierto escuchaba algo interesante y, total, no tenía nada que hacer ni amiga con la que entretenerse hasta que comenzara.

—Me suena la cara de uno de los *roadies* —escuchó a una chica, que parloteaba en un grupo de unas cinco o seis—. Creo que salí con él hace unos años.

—¿Y no puedes preguntarle si nos colaría?

Sun Hee decidió quedarse allí acoplada: si aquellas chicas iban a alguna parte siempre podía seguirlas. A lo mejor hasta creían que formaba parte del grupo.

Entonces, una séptima muchacha se acercó a ellas a la carrera, visiblemente excitada.

—¡No os lo vais a creer!

—¿Qué pasa?

—¡Hannah está por ahí dentro!

—¿Cómo?

—Ya sabéis que trabaja en Palermo's, ¿no? Pues parece ser que les han pedido el *catering*, así que está metiendo toda la comida, ¡y eso no es lo mejor! Dice que tienen un sarao inmenso montado y que ha escuchado por ahí que se alojan en el Marriot.

—¿Qué dices?

Mientras las chicas continuaban su exaltada conversación, Sun Hee abrió el móvil para consultar dónde estaba aquel hotel. Seguramente no era cierto, y esperaba poder acceder al *backstage* de algún modo para no tener que recurrir a la baza del hotel, pero por si acaso…

El hotel era uno de los mejores de Nashville. No estaba precisamente cerca, serían unos veinte minutos en taxi… Sun Hee se guardó el móvil, terminó la cerveza y continuó sus paseos para ver qué más cosas podía averiguar.

Trasteó por ambos lados del escenario, tratando de llamar la atención de la gente que trabajaba por la zona sin éxito. Los muy cabrones estaban inmunizados y eran expertos en simular que no existían, un poco como los camareros. No iba a conseguir nada apelando a la súplica de la fan enloquecida, de modo que se volcó en conseguir un buen sitio.

No vio nada libre en la primera fila, aunque ella era chica de recursos. Solo tenía que fichar a los que más bebidas tenían entre manos porque, antes o después, se moverían para ir al baño. Sun Hee tenía sus propias normas respecto a eso: solo una bebida, para no morir de deshidratación, y punto. Si sentía mucha necesidad, iba al baño lo antes posible y ya después no abandonaba su sitio en el concierto. Gracias a eso había visto a la mayoría de sus grupos en primera fila y en relativa comodidad, que una gran parte de la gente parecía que iba a emborracharse. Luego, claro, pasaba lo que pasaba: algunos se caían redondos, otros eran expulsados, y muchos tenían que irse corriendo en mitad de la mejor canción porque no podían aguantar.

Se colocó con sutileza junto a un grupo de chicos jóvenes que no hacían más que beber cerveza. En cuanto una se terminaba, uno de ellos corría a buscar más. Y así, con Sun Hee en plan ojo avizor y los chicos emborrachándose cada vez más, los minutos fueron pasando.

Los cálculos de la joven no fallaron y, cuando tan solo quedaban veinte minutos, escuchó cómo trataban de organizarse para ir al lavabo por turnos. Hacerlo tan próximo al concierto era una locura, ya que era cuando más gente había en los baños y el paseo podía volverse más largo de lo esperado: aficionados.

Mientras dos salían camino a los servicios y el resto intentaba recolocarse, Sun Hee se escurrió en una esquina sin llamar la atención y se agarró a la barandilla.

Uno de los chicos la miró, entrecerrando los ojos.

—¿Ya estabas ahí?

—Desde el principio, John. Hemos hablado un rato, ¿no lo recuerdas? —Le guiñó un ojo—. Sun Hee.

Él parpadeó. Demasiadas cervezas y el hecho de que lo llamara por su nombre fueron las claves para que se encogiera de hombros, asintiendo.

—Tranquilo —siguió Sun Hee, con una sonrisa encantadora—. Si Tom y Peter quieren ir al baño, os ayudaré a guardar los sitios.

Esas palabras lo convencieron por completo, de modo que sonrió, rodeó a Sun Hee por los hombros y la acercó al grupo, haciendo que ganara dos sitios más próxima al centro del escenario.

—¡Chicos, Yun Yin nos ayudará a que no se nos cuele nadie!

—¿Y quién es? —preguntó uno.

—Ha estado con nosotros desde que hemos entrado, ¿no te acuerdas? ¡Si gracias a ella hemos conseguido la primera fila!

Hubo un breve momento de tensión para Sun Hee mientras el chico que no parecía reconocerla la estudiaba con fijeza, pero entonces los amigos que quedaban empezaron a vitorear y él se unió al momento.

—¡Eres grande, Yun Yin! —exclamaron, dándole palmaditas y abrazos varios—. ¡Vente aquí, así verás mejor, encanto!

Y de ese modo, con sus nuevos seis mejores amigos semi borrachos, Sun Hee se encontró bien aferrada a la barandilla y en el medio del escenario. Todo había salido a pedir de boca, incluso cuando una chica farfulló algo sobre que de dónde había salido, los chicos rápidamente la abuchearon, defendiendo su presencia desde el primer minuto.

Con todo aquello, ya casi era la hora y la chica miró el telón, emocionada. ¡No se podía creer que fuera a estar tan cerca! Según otros conciertos del grupo que había visto por internet, Dennis solía colocarse más hacia la derecha, aunque se movía bastante por el escenario. En fin, esperaba poder verle bien.

Los chicos habían empezado a corear una canción de Strigoi, de modo que se unió a ellos, feliz, y minutos después, una voz tronó con la *intro* que precedía al concierto.

Se abrió el telón y la chica sintió una especie de mareo. Siempre se burlaba de las chicas que se desmayaban en situaciones como aquella, pero en ese instante, podía entenderlas: era tanta la emoción que pensaba que acabaría con ella.

—Tranquila, Yun Yin —dijo Peter, animándola—. ¡No te desmayes antes de empezar!

—Yo te sujeto —se ofreció John.

Y pese a que Sun Hee se consideraba una chica dura, le vino bien que John la sujetara con firmeza poniendo una mano en su espalda, porque su corazón casi explotó cuando al fin el grupo apareció y las primeras notas sonaron sin previo aviso.

Tenía al cantante delante, pero ella estaba más ocupada buscando a Dennis… ¡y ahí estaba, al fin! El guitarrista protagonista de todas sus fantasías, a menos de un metro, con aquella melena rizada tan característica, los ojos bien pintados y los pantalones de cuero que siempre solía llevar.

—¿Qué pasa? —gritó Tom—. ¿No te sabes la canción?

Sun Hee se dio cuenta de que estaba boquiabierta y ni siquiera prestaba atención a lo que estaban tocando. Pero ¿qué clase de fan era? ¡Si adoraba todas y cada una de las canciones!

Sin embargo, sentía como si sus cuerdas vocales no funcionaran, solo podía mover los ojos de un lado a otro del escenario persiguiendo a Dennis Brody.

Qué presencia, qué manejo de la guitarra, qué culo y qué todo. Solo por eso merecía la pena ser llamada Yun Yin, Shin Chan o lo que saliera de la boca de aquellos tíos, lo mismo le daba.

Después del éxtasis de la aparición de Strigoi, Sun Hee fue recuperando la razón y logró corear algo en la segunda canción. Seguía obnubilada y con los ojos puestos en Dennis, pero su corazón volvía a latir más o menos, y las letras regresaban a su cabeza.

—¿Ves bien, Yun Yin? —preguntó el más fuerte de todos, del que no recordaba el nombre—. Si quieres te subo.

Sun Hee se vio a sí misma a hombros de aquel tipo y quitándose la camiseta a golpe de guitarra… sin embargo, lo pensó mejor. No quería acabar expulsada por exhibicionista o algo así, que las cosas se habían vuelto un poco puritanas últimamente.

Además, prefería agitar la cabeza y total, era bastante alta para ver todo bien.

—¡No, gracias! ¡Prefiero bailar!

No se equivocó: poco después, en las filas de atrás, una chica subió a los hombros de su novio y rápidamente seguridad abortó aquella postura tan rockera. Nada, los tiempos de hacer el salvaje en público habían acabado.

Se lo estaba pasando de muerte y sabía que recordaría ese concierto siempre… la única pega era el espacio entre la barandilla y el escenario. No había posibilidad de que cantante o guitarra estiraran las manos para tocar a los fans en un momento de subidón.

Entonces, Dennis se detuvo justo delante suyo. Sun Hee tuvo que retorcer el cuello unos ciento sesenta grados para sus ojos no se quedaran clavados en esa zona obvia que tenía a la altura de la cara, y en ese momento, él le sonrió y le guiñó un ojo.

Antes de decidir a qué bar ir, Jake y River se dieron una vuelta alrededor el estadio y, de paso, echar un ojo al autobús a ver si todo seguía en orden. Leroy se había sacado una silla, acomodado las piernas encima de un taburete, y estaba con la espalda apoyada en el autobús, echando la siesta con el paquete de cigarrillos y un chicle pegado en él encima del pecho.

—Estará agotado de tanto esfuerzo —comentó River.

—Sí, claro, sobre todo de cambiar ruedas.

Pero al menos había obedecido, así que se dieron la vuelta para buscar algún sitio donde meterse a tomar algo. Ya apenas se veía gente por el exterior del estadio, y se escuchaba la música del interior indicando que ya había comenzado el concierto, probablemente los teloneros.

Al pasar por delante de una de las puertas, vieron a Percy y Roy, que los saludaron con entusiasmo.

—¿Qué hacéis aquí fuera aún? —les preguntó River.

—Comiendo algo, dentro te soplan el triple —contestó Percy.

Tenía en las manos un perrito caliente grasiento, con chili por encima, y al que ya le había dado unos cuantos mordiscos, por lo que parecía.

—¿Estás seguro de que debes comer eso? —preguntó Jake.

—Es el segundo que me como, ¡estoy estupendamente!

—Nos mantendremos por atrás —añadió Roy—. Para que no se agobie con tanta gente.

—Voy a buscar una farmacia y te cojo pastillas contra el mareo para la vuelta —dijo Jake.

Los dos lo miraron, como si aquello fuera algo inaudito.

—Joder, ¿cómo no se nos ha ocurrido antes? —preguntó Percy.

—Tú sabrás, que eres el que se marea siempre.

—Siempre he pensado que no funcionaban.

—Bueno, tú pruebas.

—Vale, y…

Se quedó callado. Todos lo miraron, mientras se ponía cada vez más rojo, y empezó a resoplar.

—Pica —consiguió decir—, he comido uno entero. Ay, Dios.

Y sin previo aviso ni gesto alguno que indicara que iba a hacerlo, Percy vomitó. El desayuno, el tentempié, el primer perrito y a saber qué más había allí, cosa que nadie quería averiguar pero que Jake recibió en todo su pecho y piernas.

Se quedó paralizado del susto y el asco; River retrocedió un par de pasos, así como los chicos, con Percy mirándolo con cara de culpabilidad.

—Perdón —le dijo—. Lo siento, ha sido totalmente inesperado, ¡si nunca vomito! Ha tenido que ser el chili, y…

—Mejor entramos, ejem… —murmuró Roy, tirando de su brazo.

Se lo llevó de allí a toda prisa. Jake, moviéndose como un robot, se giró hacia River sin querer mirar el estropicio que llevaba encima.

—Dime que no es tan malo como me lo imagino.

—Es peor. —Movió la cabeza, sin poder darle buenas noticias—. ¿Llevas ropa de recambio en el autobús?

—Qué va. Y esto no se quita con toallitas húmedas.

—No, olerías a chile todo el viaje.

Miró a su alrededor y localizó, justo frente al estadio, un hotel. Señaló en su dirección.

—Espérame ahí, en el semáforo. Ahora vengo.

A paso lento, y dándose asco a sí mismo, Jake se fue acercando al lugar indicado, preguntándose a dónde habría ido ella. Esperaba que el hotel tuviera alguna habitación libre o le pudieran dar alguna solución, porque cada minuto que pasaba, notaba la ropa más pegada a su cuerpo y temía ponerse a vomitar él también en cualquier momento.

River regresó cinco minutos después, con una bolsa negra entre las manos.

—Te he cogido ropa —le explicó.

Él abrió los ojos, sorprendido cuando le mostró el interior y vio una camiseta de Strigoi y unos vaqueros con parches.

—Madre mía, ¡te has tenido que dejar una fortuna! River, gracias, pero…

—Chist, tranquilo —bajó la voz, aunque no había nadie cerca—. *Merchandising* no oficial. Si Sun se entera me mata, pero esto es una emergencia, ¿no?

—Sí, lo es. —Sonrió—. ¿Y cómo has sabido mi talla?

—He calculado al tuntún.

Con todo lo que le había estado observando, la tenía más que calculada. Eso se le daba mejor a Kat, que para algo trabajaba en una tienda, pero estaba segura de acertar.

—Te debo una.

—Me invitas a cenar y en paz.

—Pensaba hacerlo de todas formas.

Le sonrió cogiendo la bolsa y River estuvo a punto de olvidar el estado en el que se encontraba y tirarse encima… Vaya, aquel impulso empezaba a convertirse en un problema, lo veía venir.

—¿Vamos a ver si hay suerte? —preguntó él, haciendo un gesto hacia el hotel.

—Claro.

Cruzaron juntos y, cuando entraron en el hotel, había una persona en la recepción, así que se quedaron esperando un poco más atrás.

River sacó su móvil, porque se dio cuenta de que aquella situación precisaba de ayuda externa.

River: «CONSEJO DE SABIAS URGENTE. EMERGENCIA EMERGENCIOSA. ALERTA ROJA»

Y emoticonos de luz roja como las que llevaban las ambulancias en el techo, por si había dudas al respecto.

Skylar: «¿Qué os han robado ahora, por Dios?»

Kat: «¿Ha desaparecido Sun otra vez?»

Danni: «¿Te has perdido tú?»

Romy: «¡No me deis estos sustos, que así una no se relaja en la piscina!»

Kat: «Te odiamos, Romy.»

River: «Es una emergencia varonil. Estoy en un hotel con Jake.»

Kat: «Poca votación veo yo que hacer, si ya estáis en un hotel. ¡Eso es darse prisa!»

Skylar: «Habló la señora Apartamentos de empresa.»

River: «No es nada de eso, le han vomitado encima y necesita cambiarse de ropa, obviamente.»

Danni: «Por Dios, qué asco, ¿quién le ha hecho eso?»

River: «El que os hemos contado del autobús que se marea, ha escogido el momento de hacerlo justo después del viaje. Total, pues eso, que estamos esperando en la recepción. Y no tengo excusa para subir con él, me puedo quedar perfectamente aquí abajo. ¿Qué hago?»

Kat: «Subir.»

Danni: «Un momento, que aquí nos faltan datos. ¡Ni siquiera hemos visto una foto aún del tal Jake!»

River: «Si os mando foto, me diréis que es un viejo, que os conozco.»

Romy: «Pues manda de su culo, que es algo objetivo.»

Skylar: «Romy, quién te ha visto y quién te ve.»

Kat: «¡Buena idea! Venga, manda.»

River suspiró y miró disimuladamente a Jake, que esperaba con cara de paciencia y postura rígida, como si temiera moverse y pringarse más. Entonces se fue la persona que estaba en la recepción, y él avanzó para ir a preguntar. El momento era perfecto, así que la chica se apresuró a sacarle una foto de espaldas y enviarla a las chicas a toda prisa.

Kat: «Vaya, qué alto parece.»

Skylar: «Es un avance, no tiene el pelo blanco.»

River: «Solo tiene cuarenta y cuatro.»

Danni: «Bien, ese culo es más que un aprobado, sinceramente, he hecho *zoom* y es de sobresaliente.»

Un montón de pulgares hacia arriba siguieron a aquella frase.

River: «Entonces, ¿subo?»

Skylar: «Te diría que no, pero tengo a Corey aquí dándome el coñazo y me dice que te diga que subas. Claro que su voto no cuenta, solo lo pongo por pesado.»

Kat: «Sube y métete en la ducha con él.»

River: «Joder, Kat, que soy lanzada pero no tanto.»

Danni: «Pues no sé, no es mala idea.»

—¿Me esperas aquí?

River cerró la pantalla a toda prisa y miró a Jake con toda la inocencia de la que era capaz.

—¿Qué?

—Que subo a ducharme y cambiarme —dijo él, mostrándole una llave—. ¿Me esperas aquí?

Ella se devanó los sesos buscando alguna excusa para ir con él, sin éxito. Porras, y no podía mirar el móvil por si le estaban dando ideas, que lo tenía delante.

—Esto… sí, o… no, mira, subo contigo, que estoy cansada y así me tiro un poco en la cama. Y, además, quizá no te valga la ropa y tenga que ir a cambiarla, imagínate que te quedas ahí solo y desnudo.

Cosa que ella era capaz de visualizar sin problema, ya puestos.

—Pensaba que eras buena calculando tallas —contestó él.

—Sí, bueno, nunca se sabe.

—Vale, pues me han dicho que el ascensor está por allí.

Señaló hacia un lateral y River lo siguió, aunque estaba dubitativa. Lo de invitarla a cenar le había dado esperanzas, pero claro, quizá él estaba siendo amable y ella estaba viendo señales donde no las había. Tampoco quería ponerse en plan acosador, a lo mejor el pobre solo quería darse una ducha tranquilamente, después del trauma que tenía que ser que le vomitaran a uno, y ella estaba imponiendo su presencia.

Durante el trayecto en ascensor y por el pasillo, notó que su móvil vibraba en su mano varias veces. Seguro que eran sus amigas, pidiendo detalles o más información.

Jake abrió la puerta de la habitación y se hizo a un lado para dejarla pasar. Metió la tarjeta en el hueco para accionar las luces y señaló el baño.

—Me voy ahí directo, enseguida salgo.

—Vale.

Ella le sonrió mientras lo observaba desaparecer dentro y cerrar la puerta. Acto seguido, se tiró en la cama y cogió el móvil para revisar todos los mensajes de sus amigas, que preguntaban qué iba a hacer al final o dónde estaba.

River: «Estoy en la habitación. Él en la ducha.»

Kat: «Si te pide una toalla, no se la des, sécale tú misma.»

River: «No me des ideas.»

Escuchó el agua correr y se mordió un labio, pensativa. Todo el día había ido perfecto con él, habían charlado, congeniado, no parecía un imbécil… claro que ella solía meter la pata en eso, al final le salían rana, pero con Jake tenía una corazonada y de las fuertes.

Un flechazo en toda regla, ¡maldito Cupido!

River: «¿Y si lo asusto?»

Danni: «¿Qué es lo peor que puede pasar? ¿Que se vaya con su camión y no te llame?»

Un guiño siguió a aquello. Ahí tenía Danni razón, si no se arriesgaba, sí que se quedaría con la duda. Su amiga había olvidado el detalle, aunque importante, de dar su número a su flechazo particular, pero ella se ocuparía de que eso no pasara.

Así que, al menos, un beso tenía que darle, eso fijo. A ver cómo reaccionaba.

Dejó de escuchar la ducha, y los siguientes segundos se le hicieron interminables.

Danni: «¿Qué pasa? ¿Por qué no dices nada?»

River: «Va a salir de la ducha, estoy esperando.»

Kat: «¡Foto!»

River no contestó, porque se abrió la puerta del baño. No se dio cuenta de que estaba reteniendo el aliento hasta que lo vio salir, vestido, y secándose el pelo con una toalla. Apuntó con el móvil y le dio un par de veces al botón, enviando al momento las fotos al grupo.

Kat: «Joder, vaya cuarenta y cuatro años más bien llevados.»

Skylar: «Sí, lo admito, es bien mono.»

Danni: «¡Sobresaliente!»

Romy: «Quizá sean los cócteles hablando, pero tía, es el mejor viejales que te has tirado en la vida.»

River: «¡Que no me no lo he tirado!»

Kat: «Todavía.»

—¿Te ha enviado Sun Hee fotos?

River carraspeó y dejó el móvil bocabajo sobre la colcha, ignorando las vibraciones.

—No, nada —contestó—. Hablaba con las chicas.

—¿Les has contado que me has pasado la maldición de Murphy a mí?

—¿Cómo?

—Digo yo que lo de que te vomiten encima, supone puntos extra en la escala de mala suerte, ¿no? —Tiró la toalla al interior del baño y se miró en el espejo que había justo enfrente, estirando la camiseta—. Sí que has acertado, tienes buen ojo. —Sacó su móvil y se acercó a ella, desbloqueándolo—. ¿Te importa si nos sacamos un *selfie*? Mi hermana me ha pedido una foto tuya, no sé si es que no se cree todo lo que le estoy contando.

Y ella sacando fotos a escondidas. Anda que…

—Claro, claro.

Carraspeó y se movió un poco para hacerle sitio y que se sentara a su lado. Para que cupieran los dos, Jake pasó un brazo por detrás de ella, juntaron sus cabezas y él sacó un par de fotos.

—¿Quieres dar tu aprobado? —le preguntó.

Se las enseñó, sin darse cuenta de que las había sacado directamente en el WhatsApp, y que su hermana ya las había recibido. Justo cuando River las estaba mirando, recibió un mensaje:

«No, no es cosa tuya: Es monísima y tú un idiota, ¿a qué estás esperando?»

—Esto… Te ha escrito tu hermana —le dijo.

Jake enrojeció al segundo al mirar la pantalla y ver lo que había hecho. Aturullado, trasteó con el móvil sin saber si estaba enviando, borrando, contestando o qué.

—Así que… soy monísima —comentó River.

El móvil salió disparado de las manos de Jake, que lo miró caer y luego carraspeó, pensando en cómo salir de aquello… Y llegó a la conclusión de que lo mejor era no andarse por las ramas.

—Bueno, es que he hablado tanto de ti hoy que… pues al final tenía curiosidad. —La miró—. Y sí, pienso que eres guapa. Mucho.

River sonrió, aunque se quedó un poco desubicada al ver que él no se acercaba ni hacía ningún gesto hacia ella.

—¿Y ya? —le preguntó.

—Es que… ¿no crees que sea mayor para ti?

—Te dije que me gustaban mayores. Y no lo eres tanto, exagerado. —Se acercó más a él—. ¿No te has enterado de ninguna de las señales que te he estado enviando?

—A veces estoy un poco cegato, también te digo. —Entonces sí, levantó la mano y le pasó el dorso por una mejilla—. Será la edad.

Sonreía al decirlo y, como empezaba a inclinarse hacia ella, River lo imitó: se acabaron las señales y las indirectas, estaba claro. Entonces, sus labios se tocaron… y entendió que el flechazo había acertado de pleno, porque poco faltó para que saltaran chispas.

Jake se separó un segundo para mirarla, pasó el dedo por su sonrisa y volvió a besarla, esta vez más profunda y largamente. Ella le cogió por la nuca, acariciándole el pelo aún húmedo, arrimándose más hasta que sus cuerpos estuvieron pegados y él la abrazó.

Poco a poco, sin dejar de besarla, la fue inclinando sobre la cama hasta que quedó sobre ella. Jake le acarició las mejillas con los pulgares, sin apartar la vista de aquellos ojos verdes que lo tenían hipnotizado.

—No ha sido mala idea lo del hotel —comentó, a lo que ella sonrió—. ¿Cuánto se supone que dura el concierto?

—Tres horas, cuatro con los teloneros. Poco, según Sun.

Él ladeó la cabeza, como haciendo cálculos, y la besó en el cuello, despacio, depositando sus labios cada pocos centímetros mientras hablaba.

—La entiendo, sí. ¿Vemos si nos cunde?

—Por favor.

Se retorció bajo él, deseando quitarle ya la ropa recién estrenada. Que, encima, no le había dicho nada, pero le hacía parecer mucho más joven. A ella le seguían encantando sus arruguitas en los ojos, eso por descontado, pero unos vaqueros bien puestos, aunque llevaran parches de Strigoi, siempre eran de agradecer.

Notó una brisa fresca en el estómago y se dio cuenta de que él estaba besando su ombligo, así que terminó de levantarse la camiseta para ponérselo más fácil y se la sacó por la cabeza. Se movió para que también pudiera quitarle el pantalón, y, tras tirar la ropa a un lado, Jake se apoyó en la cama, con las rodillas a ambos lados de ella, para poder quitarse su camiseta también.

—Me ha durado poco —bromeó.

—Y esto menos.

River fue directa a soltarle el pantalón y lo ayudó a desprenderse de él. Rodaron en la cama, abrazándose y aprovechando cada movimiento para quitarse algo más, y pronto estaban los dos desnudos y fundidos en un abrazo apasionado.

Con la piel de gallina y un suspiro tras otro, River solo podía pensar que nunca se había sentido tan compenetrada con nadie, tan estremecida con cada caricia, y solo quería que entrara en ella porque estaba totalmente enfebrecida. Como Jake siguiera tomándose su tiempo, lo abrazó con fuerza y se movió bajo él, alzando las piernas para abrazarlo con ellas y dejarle claro lo que quería. Tras un par de besos perezosos más, Jake la complació… y siguió haciéndolo durante mucho rato, moviéndose contra ella y, al rato, girando para colocarla encima.

Mucho rato después, cuando los fuegos artificiales habían pasado, River se quedó medio adormilada abrazada a su pecho, pensando que algo bueno había salido de aquel viaje de pesadilla.

Sí, nunca escucharía a Strigoi de la misma forma.

CAPÍTULO X

Según el *set list* que tenía, el concierto se iba acercando a su fin y Sun Hee no tenía nada claro cuál sería su próximo paso. No podía creer que las dos horas hubieran transcurrido tan pronto, le daba la sensación de que acababa de entrar y de beberse la cerveza… pero no, Strigoi lo había dado todo, ¡y de qué manera!

Le dolían las piernas en una escala que no se atrevía a calcular, aunque merecía la pena, ¿cuándo volvería a tener la oportunidad de disfrutar de otro directo como ese? ¡Y encima, Dennis le había sonreído! ¡Y guiñado el ojo!

Que vale, no era tan raro que guitarras y cantantes hicieran eso con el público, pero a Sun Hee le parecía una señal del destino: la había elegido entre todas, debía significar algo.

Por fin, llegó la última canción y sintió que su corazón se encogía mientras tarareaba las letras de principio a fin.

—¡No llores, Yun Yin! —le dijo Peter, rodeándole los hombros con el brazo—. ¡Ahora nos vamos directos a comer unas hamburguesas y se te pasan todos los males!

No era mala idea porque estaba muerta de hambre, pero claro, Sun Hee tenía otros planes en mente. Aprovechó que los chicos aplaudían los acordes finales para empezar a escurrirse hacia la salida, en busca de alguna abertura por la que poder colarse.

Un hombre alto vestido de negro custodiaba la zona y negó al verla.

—Por la salida principal —ordenó.

—Solo quiero asomarme un segundo…

—Por la salida principal —repitió él, echando mano del *walkie talkie*.

Sun Hee se apresuró a desaparecer, aunque cruzó la zona hasta el otro lado, donde encontró un señor de igual estilo y con la misma mueca obstinada que venía a decir que nadie iba a colarse por allí en su presencia.

¡Mierda! Tendría que salir a la calle, buscar la puerta de atrás y esperar allí con el resto de los fans, lo habitual. Lo malo de eso era que muchos grupos se sabían la película y tardaban horas en marcharse. Por eso lo ideal era entrar en el *backstage*; ese rato tras acabar en que descansaban y se tomaban unas cervezas, en la calle parecían siglos y eran una ruleta de la suerte.

Decidida a conseguir un autógrafo, una mirada o lo que fuera, Sun Hee se metió entre la gente que continuaba aplaudiendo y pidiendo «una más». Poco conocían al grupo, porque ellos nunca regresaban a tocar otro tema… en fin, mejor para ella: podría coger el mejor sitio para esperar.

Salió a la calle, adelantándose a las masas que abandonarían el recinto en unos minutos, y bordeó el edificio. No veía ninguna puerta muy decente, solo una pequeña, de modo que dedujo que era esa. Sola, se apalancó allí con la intención de no moverse durante las horas necesarias.

Supo que el concierto había terminado del todo cuando oyó ruido, gente trotando y, por supuesto, las primeras fans con su misma idea: llegaron en grupitos y la miraron con el ceño fruncido, pero se colocaron alrededor sin dejar de charlar de la experiencia musical que acababan de tener.

—¿Tardarán mucho en salir?

—¿Crees que se pararán a hacerse fotos? ¡Ojalá un *selfie* con Artie!

—A mí me vale con que me firme esto. —Una chica sacó el cd, nerviosa.

—¡Yo quiero un abrazo de Matt! ¡Es tan buen batería!

Mil frases como esas se sucedieron una tras otra, y Sun Hee comenzó a perder la noción del tiempo, tanto que ya no sabía cuánto llevaba allí. Cada vez estaba más cansada y hambrienta, solo que se negaba a rendirse. Tenía una misión, una que duraba años, e iba a cumplirla fuera como fuera.

Entonces oyó un breve rumor y el grupo de fans en espera, cuyo tamaño ya era considerable, empezó a revolverse.

—¿Qué…?

—¡No me lo creo!

—¿Quién lo dice…?

Sun Hee se aproximó a tres chicas y carraspeó.

—¿Qué pasa?

—Las de allí dicen que han salido por delante —resumió una.

—¡No puede ser!

—Eso parece, se ve que había menos gente que aquí. —Otra parecía a punto de llorar—. ¿Cómo nos han hecho esto, después de todo el día haciendo cola y el rato que llevamos esperando?

Sun Hee observó aquel montón de rostros compungidos y aquello la cabreó. ¿Desde cuándo los grupos no salían por la puerta trasera? ¡Si era todo un clásico! Sabían de sobra que tendrían fans esperando, ¡qué mala leche irse por otro lado!

Aquello la decepcionó. Aun así, seguía con la idea firme en su cabeza, de modo que miró a las chicas con decisión.

—A ver, calma —dijo con voz tranquila—. ¿Cuánto dinero tenéis?

—¿Por qué? —quiso saber una, desconfiada.

—Sé en qué hotel se alojan y pensaba acercarme hasta allí para esperarlos, pero solo tengo diez dólares y no puedo coger un taxi yo sola. ¿Os venís?

—¡Sí!

El grito fue unánime y, de propina, Sun Hee recibió un abrazo masivo de las tres adolescentes. Joder, qué vergüenza, ella que casi tenía treinta y se comportaba igual…

—El taxi mejor lo pillamos en la calle Dolan, los de ahí estarán todos completos —observó una.

—Muy lista.

De ese modo, Sun Hee terminó metida en un taxi con tres adolescentes de camino al Marriot.

—¿Y seguro que están en ese hotel?

—Es lo que se oía por ahí dentro.

Lógicamente, Sun Hee no podía estar cien por cien segura, pero como era el único dato que tenía y necesitaba ayuda para pagar el taxi, utilizó su mejor voz de confianza, la misma que usaba con las clientas cuando no estaba segura de algo que les iba a hacer.

Las chicas le dijeron su nombre, aunque Sun Hee ya no estaba para retener información inútil y los olvidó casi al momento.

El taxi las dejó frente al hotel veinte minutos después, y Sun Hee supo que debía ser allí, porque había varias chicas en la entrada. Algunas portaban carteles con mensajes, otras blandían posters y, en resumen, esperaban al grupo para reclamar atención.

—Vaya, ¡tenías razón! —dijo una, entusiasmada—. ¡Vamos a la entrada, así no nos perderemos su llegada!

—Tengo que ir a hacer pis, guardadme el sitio —comentó Sun Hee.

No era una mentira del todo, solo que lo de ir al baño tendría que esperar porque iba a hacer un reconocimiento del terreno para sopesar todas las posibilidades. Los hoteles solían tener un par de entradas siempre, la principal tenía a su vigilante controlando el cotarro… y ella buscaba algo más concreto, la puerta de la cocina: un clásico.

Por segunda vez en la última media hora, rodeó un edificio y descubrió que la calle trasera no estaba concurrida y la iluminación era un asco. Sin embargo, encontró algo bueno: los contenedores de basura. Las puertas de la cocina no andarían lejos, seguro, solo tenía que esperar.

Y eso hizo: se medió ocultó contra la pared para no llamar la atención, alejándose de la farola, y cogió el móvil. Iba a poner un mensaje a River para avisar de dónde estaba… y entonces se abrió una puerta de golpe.

Sun Hee pegó un respingo y se asomó a tiempo de ver a un señor salir de un portal con un perro pequeño.

Con un suspiró, se plegó de nuevo contra la pared y volvió al móvil. A media frase, escuchó el ruido de otra puerta, una más potente, y volvió a asomar la cabeza.

¡Bingo!

Dos chicos, vestidos con unas camisetas blancas de manga corta, salieron empujando dos bolsas de basuras más grandes que ellos. Sin pensarlo, Sun Hee salió de su escondrijo y se deslizó por aquella puerta abierta que quién sabía cuánto tiempo estaría accesible.

Puede que hubiera visto muchas películas de acción, porque, en efecto, se encontró en una cocina. Por suerte, no había veinte cocineros chinos mirándola con cara de pasmo, sino solo uno con aspecto paquistaní que estaba tan concentrado dando vueltas a un curry en la sartén que ni se enteró de su presencia.

Sun Hee pasó semi agachada por su lado y continuó hasta otra puerta, una de esas que se abrían con solo empujar un poco con el hombro. A la derecha había una especie de cuarto, de forma que se metió allí, descubriendo que era la despensa. Bien, al menos tenía unos minutos para pensar su próximo movimiento… aunque no era buena idea permanecer ahí mucho rato, era la hora de la cena y no quería ser pillada entre lechugas y brócolis.

Entreabrió la puerta un par de milímetros, justo en el momento en que dos chicas caminaban en dirección a la cocina.

—Vaya liada hay en la entrada, ¿cómo se habrán enterado?

—Ya sabes cómo va esto, no falla.

—Pues necesito fumar, tía.

—Cinco minutos, que Alec está de los nervios por tener al grupo aquí y quiere que estemos disponibles para cualquier cosa.

—Que no tardo.

—Deja el delantal en el vestuario y ponte algo encima, ya sabes cómo se ponen si salimos con el uniforme puesto.

La fumadora compulsiva abrió la puerta que había justo frente al sitio donde se encontraba Sun Hee, que no podía creer su buena suerte.

—Mira, tú vete a ver si han pedido alguna cosa más, que en cuanto me fume el cigarrillo llevo el pedido de la habitación doce. Sé que te molan, igual te firman algo.

—¡Gracias, Lola!

Sun Hee abrió un poco más la puerta. La tal Lola se cruzó en la puerta con los dos chicos de manga corta, que le dedicaron un saludo antes de volver a meterse en la cocina. La otra camarera tampoco estaba, así que Sun salió a hurtadillas de la despensa, fue hasta la puerta y la cerró con cuidado de no hacer ruido: esos diez minutos de vicio acababan de hacerle el favor del siglo.

Acto seguido, entró en el vestuario y revisó todas las taquillas que encontró hasta encontrar una blusa blanca y el delantal negro. La blusa le iba un poco pequeña y le hacía un escote que no tenía de forma habitual… en fin, si lo pensaba, no había otra ocasión mejor que esa para enseñar las tetas. Se ajustó el delantal negro y salió al pasillo, donde encontró un carrito aparcado.

Nerviosa porque no conocía el hotel ni sabía bien a dónde iba, empujó el carrito por el pasillo hasta llegar a un ascensor. Bien, podía dejar el carro allí y subir, aunque, ¿en qué planta se encontraban? Y lo más importante, ¿y si no habían llegado aún?

La fumadora no estaría eternamente en la calle, aunque seguramente creería que la puerta se le había cerrado por accidente y no llamaría a seguridad, pero si alguien la veía merodear…

Pulsó el botón y se mordió el labio, nerviosa, rezando porque no apareciera nadie de improviso.

Cuando las puertas se abrieron, ante ella apareció una mujer rubia con traje oscuro que llevaba una tablilla en la mano. Sun Hee se quedó petrificada, ya que la chapa que prendía en su solapa le dejaba claro que estaba ante personal del hotel, alguien con pinta de encargada.

—¿Qué demonios…? —La mujer frunció el ceño al verla—. ¿Quién eres?

Con la mente en blanco, Sun Hee abrió la boca y comenzó a hablar en coreano. La rubia la observó, estupefacta.

—¿Qué?

Sun Hee mezcló un par de palabras que pudiera entender, acompañado de movimientos nerviosos con los brazos. Sabía por experiencia que la gente se aturullaba cuando no comprendía otro idioma… y la mujer rubia parecía ser de esas, sus ojos se abrían cada vez más hasta que le hizo un gesto para que parara. La recorrió de arriba abajo, observando la camisa y el delantal.

—¿Eres nueva? —preguntó, y Sun Hee asintió frenética—. Vale, vale… Lola. ¿Te llamas Lola?

Sun Hee se encogió de hombros con una sonrisa complaciente.

—Vaya, qué nombre tan curioso para una…

La mujer se detuvo, sin tener muy claro si era china, japonesa o a saber qué.

Sun Hee señaló el carrito con la cabeza varias veces, tratando de que la entendiera sin tener que recurrir a pegarle cuatro gritos.

—Sí, esto es para la doce —confirmó ella, tras mirar el papel—. Puedes usar este ascensor y los de los extremos, nunca el principal, ¿vale? Es para los clientes.

Hizo una marca en su tablilla y suspiró.

—Ah, escucha. Hay un grupo famoso en la planta tres, la han cogido entera para que nadie les moleste, así que si ves a alguna persona sin acreditación avisa a recepción.

—*Hai.*

—Tienen una buena juerga montada y han invitado a algunas chicas, pero todas llevan un sello en la muñeca, de modo que no importa lo que te cuenten: si no llevan el sello, a la calle.

—*Hai.*

—Buena chica, Lola. —La mujer se apartó del ascensor—. Vamos, los de la doce esperan su cena.

Sun Hee se metió en el ascensor. En cuanto las puertas se cerraron, soltó todo el aire que llevaba retenido desde que se había colado en el hotel. ¡Joder, mira que pensar que ella era la tal Lola!

Aprovechó para mirarse en el espejo, lamentando no haberse llevado el lápiz de ojos negro metido en el bolsillo. No le gustaba llevar nada en los conciertos, las mochilas le molestaban. Solo metía dinero y, en esa ocasión, al habérselo robado solo tenía lo que le había dado River antes de entrar, que ya estaba más que gastado.

No importaba: su belleza exótica continuaba allí, con lápiz de ojos o sin él. Se ahuecó el pelo, se aseguró de que el botón de la camisa continuaba desabrochado y pulsó la planta tres, cuidándose bien de guardar el papel del carrito en el bolsillo trasero de sus vaqueros.

Le pareció que tardaba una eternidad en subir los tres pisos. Cada vez que pasaba uno, temía que alguien lo parara y descubrieran que era una farsante… sin embargo, no sucedió y llegó al tercero poco después.

Nada más sonar el timbre y abrirse las puertas, se encontró con dos hombres inmensos. Ambos vestían trajes negros y, al igual que los del recinto del concierto, portaban sendos *walkie talkies* en las manos.

—Hola —saludó ella, con una sonrisa—. Camarera. Traigo el pedido.

Impasibles, los dos la observaron de arriba abajo.

—No han pedido nada —contestó uno.

—¿No?

Sun Hee puso cara de confusión y comenzó a revolver por encima del carrito, como si buscara el papel con el pedido y el número de habitación.

—Lo siento, es que soy nueva —se disculpó, azorada—. Me han dicho que el pedido ha entrado hace cinco minutos, pero ahora no veo el papel.

—Compruébalo por si acaso —le dijo uno al otro.

Al momento, el aludido abrió la comunicación sin quitar los ojos de Sun Hee.

—Soy Tobias, ¿alguien ha pedido comida? —Escuchó durante un par de interminables minutos y después sacudió la cabeza—. Menudo follón tienen. Dicen que bienvenida sea la comida.

—Un momento —intervino el otro hombre.

Se acercó al carrito y comenzó a destapar platos para asegurarse de que no había ninguna sorpresa oculta allí. Sun Hee miró de reojo la bandeja.

—Sopa, mollejas, huevos con trufa, pato en confitura… —enumeró, y negó con la cabeza mirando a su compañero—. Cada vez piden cosas más raras.

—Ahora tú. —El tal Tobias miró a Sun Hee—. Será un segundo, Lola, tenemos que asegurarnos de que no llevas ningún arma encima.

Sun Hee pensó que dentro de aquella camisa ajustada no cabía mucho más, aunque se calló. Era un trámite lógico por el que había que pasar, punto, de modo que se resignó a que le pasaran las manos por el cuerpo en busca de posibles armas.

Una vez hecho el trámite, los dos se apartaron para cederle el paso. Sin poder creer que fuera a lograr su objetivo de la forma más tonta y rocambolesca, tal y como había visto en mil películas de sobremesa, Sun Hee empujó el carrito hacia adelante.

—La *suite* seis, nena —indicó Tobias, con una carcajada.

«Gracias, gilipollas», pensó ella. ¡Menudo equipo de seguridad tenían cuando una desconocida se colaba de una manera tan sencilla!

Se detuvo ante la puerta de la *suite* seis, emocionada, y tocó. Dentro se escuchaba música y risas, así que seguramente ni se la escucharía, por lo que insistió con más fuerza.

Segundos después, la puerta se abrió y apareció un hombre joven que vestía un traje con pinta de caro, aunque estaba despeinado y colorado.

—¡Bien, comida! ¡Ya era hora! —Abrió del todo—. Adelante.

Sun Hee obedeció, mirando a su alrededor. Madre mía, ¿aquello era una *suite* o un palacio? ¡Menudo lujo! Era inmensa, elegante, y estaba llena de espacios independientes dentro de la misma, con varios sofás de piel blanca repartidos por la estancia. Los dormitorios permanecían cerrados, y en el centro tenían una enorme mesa de color tostado.

Había gente yendo de un lado a otro, la música estaba alta y se veían montones de bebidas por todas partes: una fiesta post concierto en toda regla, lo típico.

Sun Hee recorrió la estancia con la mirada, reconociendo a varios miembros del grupo. Artie, el cantante, se encontraba repantingado en uno de los sofás, de lo más cómodo rodeado de chicas que lo miraban con adoración. Matt, el batería, se sentaba en la mesa, con una colección de vasos de chupito ante él y un grupo a su lado que reían a carcajadas.

—¿Qué nos has traído, guapa? —preguntó el chico trajeado.

—Ni idea, solo lo transporto —replicó Sun Hee—. ¿Dónde lo coloco?

El joven miró a su alrededor, buscando un lugar adecuado. Ya que la mesa principal permanecía secuestrada por los concursantes de chupitos, no tenía muy claro qué decir, y Sun Hee suponía que la borrachera que llevaba no ayudaba a que pensara con claridad.

—Lo dejaré en el escritorio —sugirió.

—Bien pensado… —leyó su chapa—, Lola. Gracias, Lola.

Se llevó la mano al bolsillo y le dio un billete, que la chica cogió de forma automática. Se lo guardó, pensando que con suerte podría pagarse el taxi de vuelta con aquella propina, y reanudó la tarea de empujar el carrito hasta el escritorio sin dejar de otear aquí y allá.

El bajista, Simon, estaba apoyado contra una ventana que tenía las mejores vistas de la ciudad. Claro que él no parecía muy interesado en las vistas, porque besaba apasionadamente a una chica rubia, tanto que daba la sensación de que fuera a estamparla contra la pared.

Sun Hee dejó las bandejas sobre el escritorio y se deshizo del delantal y la chapa. Luego se sacó la camisa blanca por fuera de los vaqueros y se giró, intentando no mirar la demostración de amor carnal que tenía lugar justo a su lado.

El bajista la vio y dejó de besar a la rubia.

—Huy, tenemos una espectadora —comentó, con una sonrisa—. ¿Quieres unirte?

—¿Qué?

—Tómate una copa y únete a nosotros, chica. Siempre me han gustado las chinas.

—Soy coreana —respondió Sun Hee al momento.

Le daba igual que fuera el mismísimo bajista de Strigoi, no soportaba ese tipo de comentarios. Él la miró como si no comprendiera la diferencia, aunque visto lo visto… seguro que no la comprendía y pensaba que era lo mismo.

—Venga, no te enfades —insistió—. Sasha y yo estábamos a punto de irnos al cuarto a jugar. Vente con nosotros, que te divertirás.

—No, gracias.

—¡Vaya! ¿Qué te parece? ¿Acaso eres una *groupie* digna?

—Qué pesado te pones con la coca —intervino una voz a su lado—. ¿No te acaba de decir que no?

Sun Hee se giró y por poco sufrió un infarto al ver a Dennis a su lado.

«Joder, joder, joder, joder, joder, joder. Joder, joder…»

Era mucho más alto de lo que parecía. Más rubio, con los ojos más azules, más guapo y más de cualquier cosa que se le ocurriera.

Simon soltó un resoplido y agarró a la rubia para desaparecer con ella camino a alguna de las habitaciones de la *suite*. Dennis sacudió la cabeza con cara de disculpa mirando a Sun Hee.

—Perdónale, son las drogas. Por lo general es un chico muy majo.

«Joder, joder, joder, joder, joder…»

La chica se limitó a cerrar la boca antes de parecer tonta de remate y asintió.

—Ya era hora de que llegara algo de comida —comentó él—. Desde que hemos llegado solo veo alcohol y más alcohol. Ya sé que es nuestra obligación perpetuar el rollo de grupo salvaje, pero vamos, no he comido nada desde la mañana.

«Joder, joder, joder… ¡di algo, Sun, que pareces gilipollas!»

—Ajá —logró murmurar.

—No eres muy habladora, ¿no? —Dennis alzó una tapa y echó un vistazo—. Dios, qué comidas más raras. ¿Quién habrá pedido esto? ¿No sería para otra habitación?

Ella se encogió de hombros, aún sin verse capaz de articular palabra. Lo único que le salía era mirarle, sin creer del todo que lo tuviera al lado y estuviera dándole conversación como si nada. ¿Acaso sabía lo mono que era? ¿Lo simpático que le resultaba con esa charla monotemática a la cual ella no respondía porque estaba catatónica?

—Esto es lo único rescatable. —Dennis cogió el plato con los huevos trufados—. ¿Tienes hambre?

Sun Hee asintió. No mentía, estaba muerta de hambre, aunque sabía que no iba ser capaz de tragar nada, excepto su propia saliva, y porque no le quedaba otro remedio.

Dennis cogió dos tenedores y fue hasta uno de los pocos sofás que quedaban libres. Sun Hee lo siguió como en un sueño… de hecho, tenía una fantasía que empezaba exactamente así, ahora que lo pensaba, aunque los huevos trufados eran un extra.

Se sentó junto a él, incapaz de quitarle la mirada de encima. Parecían tan normal y, al mismo tiempo, tan irreal…

—¿Quién te ha invitado? ¿Artie? Simon no creo, tal y como lo has despachado… —Dennis le dio un tenedor.

—El tipo del traje —acertó a balbucear Sun Hee.

—Ah, ¿Mike, nuestro agente?

Sun Hee agarró el tenedor y lo miró hundirse en el plato como si fuera el brazo de otra persona. Aún seguía en estado de *shock*, ¿en serio después de tanto esperar ese momento se iba a quedar callada? Porque vamos, seguro que Dennis no la soportaría ni cinco minutos, ¡para eso era una estrella del metal y necesitaba diversión y estímulo continuamente!

—Está bien charlar con alguien que no sea una fan enloquecida —comentó él.

«¿Cómo? ¡Si voy vestida entera del grupo!»

Se miró, recordando entonces que había robado una camisa blanca del servicio del hotel y que su camiseta de Strigoi había quedado tirada en los vestuarios. Con las ganas que tenía de charlar sobre su música y su adoración por él, algo que tenía pensado hacer en cuanto encontrara la palabra adecuada para arrancar, ¿y ahora él decía eso?

Y si no hablaba sobre él o Strigoi, ¿qué iba a decirle?

—¿Y eso por qué? —soltó, un poco dolida por esa forma de referirse a los fans.

—No me malinterpretes —se apresuró a decir Dennis—. Les debemos todo, claro, ellos son los que nos han traído hasta aquí. Es solo que a veces es agotador.

—Ah, ¿sí?

—Mira. —El guitarrista sacó su móvil, buscó unos segundos y se lo mostró—. Montones de mensajes de protesta porque no hemos salido por donde debíamos salir. Y otros tantos por llegar al hotel antes que ellos.

Sun Hee agitó la cabeza.

—Es normal que se molesten. Querían veros, es su ilusión conseguir una firma, una foto, algo.

—Ya, bueno, es verdad. Es solo que el ritmo de esta gira nos tiene tan agotados que, en cuanto acabamos, solo pienso en venirme a dormir.

—Ya veo —murmuró Sun Hee, mirando a su alrededor y la fiesta que se desarrollaba ante ellos.

Dennis se dio cuenta de su tono y alzó la ceja.

—Si por mí fuera, no estaría aquí. Solo que soy el guitarra y no tengo otro remedio, Mike insiste en que estemos juntos en cuanto a imagen pública.

—¿Eso significa que el buen rollo que tenéis es una especie de representación?

—Mas o menos. Hay buenos momentos, claro, pero no todos… eso es casi imposible cuando te pasas las veinticuatro horas con la misma gente. —Dennis dio un bocado a los huevos e hizo una mueca—. Ufff, no puedo con esto.

Lo cierto era que Sun Hee también había comido cosas mejores, sin embargo, tenía tanta hambre que le daba exactamente igual.

—Así que… no te gustan tus fans.

—Yo no he dicho eso —corrigió él al momento—. El problema es que no puedo hablar con ellas.

—¿Cómo que no? ¡Se morirían por charlar contigo un segundo!

—Pues a eso me refiero… o se ponen a chillar o se quedan mudas, como si les faltara aire y les fuera a dar un infarto. Y tú ahí, intentando sonreír para no parecer un gilipollas, cuando en realidad no sabes qué decir ni cómo actuar.

Eso nunca se le había ocurrido a Sun Hee, claro. Ella solo se ponía en el lado de las fans enloquecidas… y la verdad, sonaba a situación un poco rara.

—El fenómeno fan es una cosa extraña, también están las que creen que te conocen porque se han leído todo lo que hay sobre ti y se han hecho una idea concreta en su cabeza. Y es muy fácil decepcionarlas, claro.

Sí, otra verdad. Por ejemplo, como le estaba pasando a Sun Hee en ese momento. En su cabeza, Dennis era un tío brillante, carismático, sexy, interesante, de pocas palabras, con un gran manejo de la guitarra, compositor de primera, profundo… y lo que tenía ante ella no correspondía. Aunque, para ser sincera, salía mejor parado, porque incluso en sus fantasías había momentos en que él la rechazaba, comportándose como una auténtica estrella musical.

Aquel chico no sería pillado lanzando una televisión por la ventana del hotel, seguro, ni revolcándose en una cama llena de rubias y cocaína. Más bien, parecía un chico majo, mono y cansado, muy cansado.

—Pero la música es especial —murmuró Sun Hee, en voz bajita.

Por Dios, que no soltara pestes también sobre eso, que la dosis de realidad que estaba recibiendo sobre su ídolo era suficiente…

—La música es lo mejor —asintió él, con una sonrisa.

Eso mejoró el ánimo de Sun Hee considerablemente.

—¿Verdad? —contestó—. Ya sé que os lo habrán dicho hasta la saciedad, porque de hecho tenéis muchos premios, pero el álbum rojo es el mejor disco que habéis hecho hasta la fecha. Creo que todas las canciones están al mismo nivel, es imposible quedarse con una sola, ¿os habéis planteado seguir en esa línea? Porque es muy distinto de vuestros otros trabajos, pero…

Sun Hee se calló al ver la cara de Dennis, que la observaba con una sonrisa burlona.

—Conque eres una fan —se limitó a decir.

—Un poco —admitió Sun Hee, ruborizándose—. Pero no voy a ponerme a chillar, prometido. Aunque puede que se me pasara por la cabeza durante unos segundos. ¿Ahora es cuando viene seguridad y me echan?

—Aquí no hacemos eso, mujer. ¿Cómo te llamas?

—Sun Hee.

—¿Quieres que te firme alguna cosa?

Ella suspiró, frustrada. ¡Aquello tenía que ser una puta broma! Le ofrecía firmarle algo y ella, como era una imbécil de manual, pues iba a quedarse sin nada.

—¿Qué pasa? —interrogó él al ver su expresión.

—Nada, es que traía un par de cds, pero me robaron durante el viaje. Todo, la mochila con el dinero y las entradas.

—¿De verdad?

—Podrías escribir una canción sobre la ley de Murphy, porque menudo viajecito… nos salimos de la autopista, reventamos una rueda, un tío no paraba de marearse e hicimos autostop. Luego esos cabrones nos robaron todo y nos dejaron tiradas en la carretera, así que tuvimos que venir hasta Nashville caminando.

Dennis procesó la información y volvió a levantar la ceja.

—¿Que viniste caminando? —La chica afirmó—. Joder. ¿Y conseguiste entrar al concierto?

—Sí. —Ella sonrió, radiante—. El encargado del viaje me regaló su entrada VIP. Y todo porque le ha gustado mi amiga… todos salimos ganando.

—¿Cómo has conseguido entrar aquí? —preguntó él, cayendo en la cuenta de que a lo mejor aquella era una de esas fans locas que tanto respeto le daban.

Sun Hee puso cara de culpabilidad.

—Escuché decir a unas chicas que os alojabais en este hotel, así que vine y me colé por la cocina. Esta no es mi ropa, se la robé a una camarera de su taquilla.

—Vaya, y yo que pensaba que eso eran cosas de película…

—Ya, yo también. —Sun Hee soltó una risita sin poder contenerse—. No imaginaba que llegaría tan lejos, no sé, me sentía como una espía.

—Pero aquí estás. —Dennis sonrió—. ¿Quién es tu amor platónico?

—¿Cómo?

—Tienes uno, ¿no? Todas lo tienen. Normalmente es Artie, el cantante.

—Claro, pero eso solo es el resultado directo del tanto por ciento de exposición.

—¿Qué?

—Verás, tengo la teoría de que gustarle a la gente es el resultado directo del tanto por ciento de exposición. Es decir, a mayor exposición, más gente a la que le gustas. —Sun Hee se encogió de hombros—. Tiene toda la lógica, a decir verdad. Uno puede pensar que Brad Pitt levanta tantos suspiros porque es muy guapo, y obvio que lo es, pero hay que pensar, ¿por qué hay personajes públicos como Adrien Brody o Benedict Cumberbatch empíricamente feos que despiertan tantas pasiones? En fin, yo soy de la opinión de que, si cualquiera de nosotros saliera en la televisión, tendría a medio planeta enamorado. Amor por exposición.

—Amor por exposición —repitió él con cautela—. Amor… por… exposición. ¿Te importa si lo anoto?

—Claro que no. —Sun Hee lo miró fijamente—. ¿Una canción?

—Tal vez. Es un buen título, me gusta tu teoría. ¿Entonces crees que se aplica a Artie?

—¡Pues claro! Artie sale un ochenta por ciento en los videos y revistas, así que, por extensión, es la cara que más recibimos las fans. No es la mejor ni la más interesante, no dice nada de la persona, simplemente es lo que llega.

—Así es. Bueno, es el cantante, es normal también.

—De ahí que los baterías sean los grandes perdedores en general. Por supuesto tienen sus seguidoras y están las *groupies* a las que todo les da igual, pero tienen poca visibilidad.

—Y poco amor por exposición —terminó Dennis.

Sun Hee volvió a soltar una risita a la vez que él se reía.

—Al menos me ha quedado claro que tu interés no era Simon. O al menos hasta que ha abierto la boca.

—Simon se ajusta perfectamente a la idea que me había hecho de él… siempre lo imaginaba en orgías con drogas, así que no andaba muy desencaminada.

—Recapitulemos —comentó Dennis, pensativo—. Si no es Simon, ni Artie, ni Matt… solo quedo yo, ¿verdad?

Sun Hee enrojeció como una colegiala. Maldita su verborrea, que le había hecho hablar en exceso… no quería confesar que él era su amor platónico, pero tanto contarle sus teorías había logrado que la cazara a la primera.

—No soy una fan chiflada —mintió.

—Tranquila. Esto me pasa a menudo, sé gestionarlo —dijo Dennis con amabilidad.

—En realidad… sí soy una fan chiflada —admitió ella, avergonzada—. Ni yo entiendo por qué me estoy comportando con tanta calma. Si mis amigas me vieran no lo creerían, todas piensan que me falta un tornillo y las tengo hartas de tanto hablar del grupo y de la fiebre del sábado noche.

—¿La fiebre del sábado noche?

—Será mejor que no entre en detalles sobre eso.

—Por ahora no me pareces una fan enloquecida —comentó el chico—. De hecho, esta charla está siendo lo más divertido del día.

—¿En serio?

—La vida del músico, siempre idealizada —suspiró Dennis—. Si supierais lo aburrida que puede llegar a ser… sobre todo las giras. No por el concierto en sí, eso es un verdadero chute de adrenalina, sino por todo lo demás. No es una vida fácil, aunque desde fuera lo parezca.

—No, supongo que no lo es cuando tantos músicos terminan en rehabilitación.

Dennis volvió a sonreír.

—Oye —dijo—, ¿qué te parece si seguimos charlando en algún otro sitio con menos ruido?

«Joder, joder, joder, joder, joder… joder, joder, ¡EMERGENCIA EMERGENCIOSA! ¿Me estará proponiendo lo que yo creo o todo es fruto de mi enfermiza imaginación?»

Sun Hee lo miró, con los ojos abiertos como platos, tanto que parecía un ciervo deslumbrado ante los potentes faros de un coche. Claro, así era, solo que el ciervo era ella y esos faros estaban delante suyo, y eran de color azul claro.

No quería hacerse ilusiones, aunque aquello de ir a «charlar» a algún sitio a solas sonaba muy bien, realmente bien… ¡joder, necesitaba a las chicas! ¡Necesitaba que alguien le diera un par de golpes en la cabeza para despertarla de ese sueño!

Tragó saliva y dijo:

—Claro que sí.

Dennis se incorporó del sofá, cogió el plato que ella había olvidado y lo dejó sobre el mueble más próximo.

—Hemos reservado toda la planta, así que hay habitaciones de sobra —comentó.

Sun Hee lo siguió como en un sueño, asegurándose de que el botón de su camisa continuaba desabrochado. Una nunca sabía cuál era la parte que funcionaba cuando tenías éxito con un chico, claro que ella de eso sabía muy poco, ya que nunca salía con ninguno. Precisamente esperando la oportunidad que se acababa de presentar ante su cara.

¿En serio se iba a acostar con su amor platónico que además se reía de sus ocurrencias?

Skylar: «Espabila, Sun, seguro que esas cosas se las dice a todas. Es músico.»

Kat: «¡Aprovecha y acuéstate con él! ¿Crees que volverás a tener otra oportunidad como esta?»

Danni: «Eso sí, seguro que luego no te llama…»

Romy: «Igual se enamora de ti, ¡el principio suena prometedor! Qué bonito.»

River: «Sun Hee, recuerda que tenemos horario de salida…»

Sun Hee sacudió la cabeza para acallar las voces de sus amigas. No tenía tiempo de sacar el móvil para contarles lo que estaba viviendo, no quería despistarse ni un segundo… que Dennis parecía una persona bastante normal, pero con los famosos no se sabía, y lo mismo si veía que se liaba con el móvil la echaba a patadas.

Temblando como una hoja, se paró tras él.

—¿Segura? —preguntó Dennis, con una sonrisa que hizo que se derritiera porque era una verdadera promesa.

—Segurísima —farfulló—. Sí a todo.

Dennis abrió la puerta y entonces, al otro lado, se dieron de bruces con un hombre vestido con uniforme de policía. A su lado se hallaba la mujer rubia de traje negro, quien lanzó una mirada avinagrada a Sun Hee.

—¡Aquí está! ¡Esa es Lola!

Dennis la miró, extrañada, y después a Sun Hee.

—No, se llama Sun Hee —corrigió.

—Ya, me refiero a que esa es la chica que se ha hecho pasar por Lola y ha cometido dos delitos: allanamiento de hotel y suplantación de identidad.

—Señorita, va a tener que acompañarnos un momento a comisaría —dijo el agente.

«No, no, no, no, no, nooooooooooooooo.»

CAPÍTULO XI

River apartó la bandeja de comida del servicio de habitaciones y se tumbó de nuevo en la cama, suspirando.

—Creo que nunca he aprovechado una habitación de hotel tanto en tan poco tiempo —comentó.

Jake retiró también la suya y se estiró junto a ella, dándole un beso en el hombro por el camino.

—Sí, está bien amortizada.

Ella sonrió, besándole.

—Me refería a la cena, también, y a la ducha que me voy a dar ahora antes de que nos vayamos.

—Cobrar me van a cobrar como si pasáramos toda la noche, así que… ya solo hay que llevarse todos los jabones y arreglado.

River le pasó un dedo por la mejilla, y la barba, mordiéndose el labio.

—Ojalá durara más el concierto —murmuró.

—Seguro que en eso tu amiga estará de acuerdo. —Le acarició el brazo con un dedo—. ¿Te acompaño a la ducha? No me importa darme otra, la verdad.

Como respuesta, River se levantó con una sonrisa traviesa. Le cogió la mano para que la siguiera, y así continuaron amortizando la habitación un buen rato.

No salieron del hotel hasta que escucharon ruido de gente en la calle y, al asomarse a la ventana, vieron que ya se habían abierto las puertas del estadio y los asistentes salían.

—Vamos camuflados —comentó Jake, según pisaron la acera y se vieron rodeados de gente vestida de negro.

Iban de la mano, y a River le parecía lo más natural del mundo, aunque sentía una ligera preocupación al pensar que aquello era algo finito que, según subieran al autobús, se acabaría. Era como una aventura de fin de semana, solo que había durado apenas unas horas, y eso no era lo que quería.

Pero Jake no había dicho nada que le indicara que pensara igual, aparte de la buena señal de haber hablado con su hermana de ella y aquel *selfie* que vino muy bien, por cierto. Pensó en sus amigas, las diferentes aventuras y desventuras que habían vivido las últimas semanas, y decidió que no iba a cometer los mismos errores de no comunicarse o no tener siquiera la oportunidad de hacerlo. Así que lo primero que tenía que hacer era darle su número, y a partir de ahí, pues ver qué pasaba.

—Escucha… —empezó.

Jake se detuvo y sacó su móvil justo en ese momento. River pensaba que le habría sonado, aunque ella no había oído nada, y entonces él la miró.

—Dime tu número —le pidió Jake—. No vaya a ser que luego se líe el tema a la vuelta y acabemos cada uno por nuestro lado. —Ella parpadeó—. Bueno, podría conseguir el de Sun Hee en el registro, pero eso sería un poco de acosador, aparte de ilegal. —River seguía mirándolo, y él carraspeó, sin saber cómo interpretar aquel silencio—. A no ser que no quieras dármelo…

Que todo era posible, claro, quizá él estaba ahí lanzándose a la piscina, y para ella aquello había sido un rollo sin más.

Dándose cuenta de que se había quedado embobada, River sacudió la cabeza. Con el ejemplo de sus amigas y Murphy detrás, no había esperado que la cosa saliera bien así, tan fácil. Le cogió el teléfono y apuntó su número con rapidez.

—Perdón, que me había quedado tonta, ejem. —Se lo devolvió—. Llámame y me guardo el tuyo yo también.

Aliviado, Jake obedeció y, tras comprobar River que sonaba y guardarlo, siguieron su camino hacia el aparcamiento, parando en una farmacia para coger las pastillas prometidas a Percy.

Cuando llegaron al autobús, se encontraron con que varios de los pasajeros estaban ya fuera y Leroy esperaba apoyado en la puerta, masticando aquel chicle que ya no debía tener el menor rastro de sabor. Al verlos, se bajó las gafas de sol para mirar por encima de ellas las manos unidas de la pareja, y elevó una ceja.

—Vaya, algunos han disfrutado del concierto —comentó—. No te tenía por un fan, jefe.

Jake se miró la camiseta y se encogió de hombros.

—Sorpresas que da la vida.

Subió al autobús con River detrás, que fue a ocupar su sitio tras darle un beso, y cogió la lista para revisar. Para su sorpresa, el trío de la última fila ya estaba allí.

—¡Guay, tío, te has vuelto fan! —exclamó Emmet, al ver su ropa.

—Tira para adentro —ordenó él.

—¡El concierto del siglo! —gritó JC, al subir.

—Sin gritos, y no quiero saber cómo habéis entrado al estadio.

Carlos le palmeó el hombro al pasar, como si fueran amigos de toda la vida, y entonces Jake vio a Percy y Roy, el primero con cara de culpable.

—Perdón por… ya sabes —le dijo.

—Da igual. —Le dio las pastillas—. Tómatelas, a ver si no tenemos que parar.

—Vale.

—Buen cambio de *look* —apostilló Roy.

La pareja subió haciéndose carantoñas, Selena y Mandy llegaron cantando a grito pelado, y así todo el mundo ocupó sus asientos.

O más bien, no todo: faltaba Sun Hee.

Jake esperó comprobando el tiempo cada poco, pero la hora que habían dado de margen estaba consumida hacía tiempo. Leroy sentado tras el volante y preparado para arrancar, miró también el reloj.

—¿No es tarde ya? —preguntó.

—¿Ahora te preocupa el horario?

—Bueno, me pagáis por horas, así que en realidad me da igual.

Tras otro vistazo a la calle, cada vez más vacía, Jake se acercó al asiento de River y se inclinó, bajando la voz, aunque Mandy y Selena estaban mirando hacia atrás para no perder detalle.

—Falta Sun Hee —susurró él.

—No me digas. —River tenía el móvil en la mano, y miraba los mensajes sin encontrar nada—. No me ha escrito, y no contesta.

—¿Se habrá ido con algún grupo de fans?

River negó con la cabeza. De no haber tenido tiempo límite, no le habría extrañado en absoluto que lo hiciera, pero Sun Hee sabía que tenían que volver y la hora, así que…

—Preguntar a los guardas de seguridad a ver si la han visto es una pérdida de tiempo —siguió Jake—, con los miles de personas que había ahí dentro.

—Ya. —Frunció el ceño—. ¡Espera! Antes de irse, sincronizamos los móviles como me sugeriste, seguro que si pongo el GPS la localizo.

No perdía nada por intentarlo, así que abrió la aplicación y esperó hasta que apareció un punto marcando un lugar. Se acercó el móvil, por si lo que veía era incorrecto, mientras Jake hacía lo mismo y las dos chicas se estiraban por encima de los asientos.

—¿El Marriott? —leyó Jake.

—Eso pone. Pero no tiene sentido, ¿qué pinta Sun Hee en un hotel?

—A lo mejor ha conocido a alguien y se ha ido a… bueno, «intimar». —Le guiñó un ojo, pero River sacudió la cabeza—. ¿No lo ves factible?

—Ni loca, vamos, a no ser que sea un clon de Dennis.

—Pues podemos seguir esperando o le doy a Leroy la dirección y vamos para allá, a ver qué encontramos.

—Vamos a buscarla. Seguiré con esto puesto, vigilando, por si cambia de posición. Voy delante contigo.

Selena y Mandy, que no perdían detalle, se pusieron a cuchichear entre ellas en cuanto los vieron avanzar pasillo adelante, cosa que a River le dio igual. Que hablaran lo que quisieran, ella se llevaba ese culo a casa, ¡ja!

Viendo que se perdía mirando los vaqueros y lo que no eran los vaqueros, se obligó a ponerse seria cuando llegaron a los asientos de delante. Jake cogió el micrófono y lo encendió.

—Atención, vamos a hacer una parada antes de salir de Nashville. No tardaremos, es… recoger a alguien que falta.

—¿Cómo? ¿Había recogida personalizada? —exclamó JC—. ¡Haber avisado y nos cogíais en algún bar!

—¡Eso, eso! —corroboró Emmet.

—¿Luego nos lleváis a casa de cada uno, también? —inquirió Carlos—. Que a mí me pilla fatal la estación de autobuses.

—¡Qué buena idea! —exclamó Emmet.

—¡No, nada de eso! —contestó Jake—. Esto es una excepción, estaos quietos y no deis guerra. Percy, ¿cómo estás?

Como respuesta, la cabeza del chico, con los ojos cerrados, cayó hacia un lado. River y Jake se sobresaltaron, ya pensando lo peor, hasta que Roy movió a su amigo y lo escucharon roncar.

—Se ha tomado esas pastillas —explicó—. No sé cuántas, pero vamos, ha caído seco.

—Ah, pues… bien, bien, mejor.

Dejó el micrófono y River le enseñó el móvil a Leroy.

—Hay que ir aquí.

—¿Ese desvío cuenta como paga extra? —preguntó él.

—Igual que el que tomaste por no llevar el aparato de la autopista —espetó Jake.

—Entendido, jefe, en marcha.

Arrancó y Jake y River se apresuraron a ocupar sus asientos. La chica amplió la pantalla todo lo posible, y vio que el punto se movía, aunque seguía sobre el hotel.

—Parece que está andando, pero dentro —comentó—. No entiendo nada.

—Bueno, pues cuando lleguemos preguntamos en la recepción. Si ha entrado, la habrán visto.

River afirmó con la cabeza, aunque sin quitar la vista de la pantalla por si el punto se movía. Leroy había introducido la dirección en su GPS, que se quedó atascado en una pantalla sin terminar de indicar ninguna dirección. Le dio un par de golpes a la pantalla, sin éxito, así que se giró hacia Jake y River.

—Esto no va —indicó, por si tenían dudas—. Así que tendrás que ir diciéndome.

—Vale, sin problema. Sal a la calle principal.

Y así iniciaron el trayecto: con ella haciendo las labores de GPS. El punto llevaba quieto un rato, lo cual River no sabía si era buena o mala noticia, no fuera a ser que se lo había dejado en alguna parte y ella no estuviera allí con él. En fin, pronto lo sabrían, porque se estaban acercando.

—No tiene mal gusto la chica —comentó Leroy, aparcando en la zona de carga y descarga frente al hotel.

—Voy a entrar a ver qué…

Se quedó callada, mirando la pantalla, y Leroy y Jake la miraron.

—¿Qué pasa? —preguntó el segundo.

—Se está moviendo… Voy a entrar a ver si me la encuentro.

Leroy le abrió las puertas y entró corriendo en el hotel, con todo el autobús pegado a los cristales a ver qué pasaba. Había gente en el *lobby* y en el bar que había al lado, pero nada de Sun Hee.

Se acercó a hablar con una de las recepcionistas, que le sonrió.

—Hola, vengo a preguntar por una persona —empezó ella.

—Lo siento, no podemos dar datos sobre nuestros huéspedes.

—No, si no está alojada… creo.

—Mira, se lo he dicho a tus amigas: aunque estuvieran aquí, no te lo podría decir, así que no insistas.

River parpadeó, sin entender nada. ¿Qué amigas? ¿De qué estaba hablando?

—Creo que me confundes con otra —contestó.

La chica suspiró con paciencia y señaló su camiseta.

—Las fans lleváis todo el día llamando y apareciendo por aquí, no sé cómo os enteráis de estas cosas, pero el que Strigoi esté aquí o no, es algo que no puedo confirmarte. Y mucho menos, decirte su habitación.

Entonces River entendió todo: a lo que se refería la recepcionista, y qué demonios hacía Sun Hee allí.

—No, no es sobre ellos —replicó—. Busco a una amiga.

Prefirió omitir que esta sí los buscaba, no fuera a ser peor. Sacó el móvil para buscar una foto de Sun, y vio que el punto se movía alejándose del hotel.

—Pero qué…

—¿Una amiga?

Ya que tenía la foto, River se la enseñó, y la chica negó con la cabeza.

—Lo siento, no me suena.

—¿De verdad, o es algo que no me podrías decir?

La chica se encogió de hombros y River lo dejó por imposible. Revisó la pantalla del mapa y salió a la calle, vigilando el punto. Ya no estaba en el edificio y se alejaba con rapidez, tanta que no podía ir a pie: tenía que estar en algún vehículo.

Regresó al autobús sin perder de vista el punto maldito.

—¡Arranca y vete recto! —ordenó a Leroy.

—¿No estaba ahí dentro?

—¡Date prisa, que se aleja!

Leroy no había parado el motor, así que pisó a fondo y ella se tambaleó, consiguiendo agarrarse a duras penas al panel delantero para no caer.

—¿Se ha ido? —preguntó Jake, alargando la mano para ayudarla a sentarse a su lado.

—Eso parece, se aleja. ¡Gira a la derecha!

Leroy pegó un volantazo que hizo que todo el mundo tuviera que sujetarse, y al momento otro, según le gritó River. Volvió a acelerar y el trío de detrás empezó a dar palmas.

—¡Vivan los conductores fans de *Speed*! —gritó Emmet.

—¡Control de drogas ya! —rio JC.

Emmet le dio un codazo.

—Fan de la película, idiota.

—¿Qué película? —replicó Carlos.

—Qué tristeza de amigos, que no conocen los clásicos.

Movió la cabeza con tristeza mientras Leroy volvía a girar de forma brusca y seguía avanzando por calles, saltándose incluso algún que otro semáforo en ámbar.

—¡Un poco de cuidado, que se me escapa este!

Ese fue Roy, que sujetaba como podía a Percy. El chico seguía como un tronco y se movía en el asiento de un lado a otro cual muñeco, lo cual hacía complicado que pudiera sujetarle.

—A lo mejor podrías ir un poco más despacio —sugirió Jake, justo cuando River volvía a gritarle a Leroy, por lo que nadie lo oyó.

—¡Esto es mejor que una montaña rusa! —gritó Carlos.

Él y sus dos amigos levantaron los brazos, como si realmente estuvieran en una, y en la siguiente curva acabaron cayendo a un lado uno encima del otro sobre los asientos.

—¡Allí delante! —señaló River—. ¡Para ahí!

Leroy frenó en seco donde ella le indicaba, se escucharon ruidos de golpes y varias mochilas cayeron al suelo desde las baldas superiores. Mientras todos se recomponían entre quejidos y exclamaciones varias, Leroy carraspeó.

—No sé si aquí puedo parar —comentó—. Eso es una comisaría.

Jake y River miraron al momento al edificio, comprobando que no se equivocaba: había varios coches de policía parados delante, un enorme cartel que indicaba lo que era… Sí, no había lugar a error.

—¿Seguro que está ahí? —preguntó Jake.

River afirmó con la cabeza tras comprobar su móvil de nuevo. El punto no se movía y, claramente, estaba ahí dentro.

—Entraré a ver, espero que no la hayan detenido —suspiró.

—Te acompaño.

Jake se levantó para coger el micrófono y vio entonces el estado del autobús, con el lío de brazos y piernas en los asientos traseros, mochilas y chaquetas por el pasillo, y varias personas tocándose la cabeza.

—Atención, por favor —dijo, rezando porque nadie denunciara a la empresa por daños y perjuicios—. Enseguida volvemos, que nadie salga del autobús.

Dejó el micrófono y miró a Leroy.

—Encárgate de que no desaparezca nadie.

—Es que…

—Que no pase como cuando la rueda, por cada persona que falte, te descontaré una hora de tu sueldo.

Leroy se levantó raudo y veloz y miró a los pasajeros.

—¡DE AQUÍ NO SE MUEVE NADIE! —avisó—. ¿ENTENDIDO?

Se giró a Jake, que se frotaba un oído, y levantó un pulgar para que se quedara tranquilo. Visto que su advertencia había funcionado, Jake bajó tras River y la siguió hasta la entrada de la comisaría.

—Espero que no se haya metido en ningún lío —comentó ella, moviendo la cabeza.

—Tranquila, seguro que todo tiene una explicación.

—Sí, Murphy.

Se guardó el móvil y empujó la puerta para entrar. En la recepción había un hombre que parecía a punto de jubilarse, lo cual hizo temer a River un *remake* de su experiencia con el robo del coche de Skylar. Sin embargo, según entraron, escucharon un grito:

—¡River!

En unas sillas al otro lado del mostrador, donde había varias personas esposadas, estaba Sun Hee de igual forma: con un par de aros de metal rodeando sus muñecas. Se levantó y corrió hacia ella, River la imitó y se chocaron ambas contra una separación de madera que había entre las zonas, aunque eso no impidió que se abrazaran. La coreana le pasó las manos esposadas por el cuello a su amiga y esta la sujetó aliviada de verla en buen estado.

—¡La madre que te parió, qué susto! —le recriminó River.

—¡Me han detenido! —sollozó.

—No, si ya, pero me tendrás que explicar el porqué.

—¡Le he conocido! —Más sollozos—. ¡A él, River!

—¿A Dennis?

River no daba crédito. Su amiga no hacía más que farfullar entre sollozos, toda aturullada, y ella no entendía nada.

—Señoritas, sepárense.

Las dos miraron hacia la voz. El señor mayor resultó ser más alto e intimidante de lo que parecía tras el mostrador, y las observaba a ambas con el ceño fruncido. Tras tener que levantar el cuello para mirarle, las chicas se soltaron, aunque sin moverse del sitio.

—¿Puede soltar a mi amiga para que nos vayamos? —pidió River—. Seguro que hay algún malentendido.

—Según el registro de entrada, está detenida por suplantación y disturbio del orden público.

—Anda, qué exageración. —Sun Hee tragó saliva, pasándose las manos por la cara, y sacudió la cabeza—. En serio, River, ha sido una tontería de nada…

—Esperen aquí mientras llegan los agentes asignados a su caso —ordenó el hombre, antes de regresar a su sitio.

—¿Qué has hecho? —le susurró River a Sun Hee.

—Pues nada que no habrías hecho tú… No, eso no es válido: tú no lo harías. La culpa no es mía, unas chicas hablaban de ir al hotel donde estaban los de Strigoi alojados, y no tuve más remedio que ir con ellas.

—Joder, ¿y no sabes avisar? ¡Estábamos esperando!

—Lo sé. —Miró a Jake—. Perdón. —Pasó la vista de arriba abajo del chico—. ¿Y esa ropa? ¡No me digas que te has vuelto fan!

—Eso es otra historia, ejem. ¿Por qué no llegas a la parte por la que te han detenido? —preguntó él.

—Todo sucedió muy rápido —siguió ella—. Tenía que colarme en su habitación, así que cogí un uniforme. Una tontería, pero se ve que a los del hotel no les ha sentado muy bien y cuando me han pillado, han avisado a la policía. —El tono enfadado volvió de nuevo a convertirse en triste—. ¡Me jodieron todo el plan! He estado con él, a su lado, tal que así. —Hizo varios gestos con las manos esposadas, casi sacando un ojo a River—. Es más majo… —Suspiró—. Comía y no hablaba con la boca llena, si es que era hasta educado. Guapísimo en directo.

Jake puso los ojos en blanco, pensando que con aquel tipo de declaración no iban a salir de allí en cinco minutos.

—¿Y lo del desorden? —preguntó.

—No sé, a lo mejor hubo un poco de lío, pero no he roto nada ni he pegado a nadie. ¡Lo juro! River, ¡casi lo consigo!

—¿El qué? ¿Una foto?

—No, aunque ahora que lo dices, ¡ni eso tengo, joder! Puto Murphy, me ha jodido más que a todas juntas, es como el remate de fin de fiesta.

—Te soltarán enseguida, verás.

—¡Que eso me da igual! —Se miró las manos—. O sea, no, me quiero ir, es solo que estaba a punto de meterme en una habitación con él.

Cogió aire mientras Jake y River se miraban, ambos con la misma expresión de incredulidad. La chica tocó la frente de Sun Hee, a lo que ella la miró extrañada.

—¿Qué haces?

—Nada, comprobar si estás bien.

—¡Estoy perfectamente! Y estaría mucho, pero muchísimo mejor si no hubiera aparecido la policía en el peor momento. Ahora estaría en las nubes, flotando.

River carraspeó, no muy segura de que no estuviera ahí en ese momento, delirando.

—Escucha… —empezó.

—A esto —levantó la mano e hizo un gesto con los dedos marcando la distancia de un centímetro—, a esto me he quedado. —Frunció el ceño, al ver que su amiga empezaba a darle palmaditas en la espalda—. ¿Y esa cara?

—¿Qué cara?

—¡No me crees! ¿Es eso?

—Ejem, bueno, es que quizá estés… en fin, ¿exagerando un poco?

—Que hayas estado cerca es posible —añadió Jake, intentando ayudar—. Pero lo de la habitación es…

—¡Pues es cierto! Casi me da algo, River, cuando me han llevado sin darme la oportunidad de despedirme ni nada, ni… —Abrió los ojos, que se volvieron casi redondos—. ¡Ni darle mi número! Joder, joder, joder.

—Tranquilízate. —River seguía con las palmaditas—. Ya…

Iba a decir que habría más oportunidades, solo que sabía que eso era estadísticamente imposible.

—¿Y si los denuncio yo por daño moral? —refunfuñó, secándose de nuevo las lágrimas con furia—. Me han robado el sueño de mi vida, eso es peor que colarse en su estúpido hotel.

—No sé yo…

Un par de agentes se acercaron en aquel momento, y, al verlos, los reconocieron al instante: eran los que habían detenido al ladrón de las entradas.

—Oye —dijo uno de ellos—, ¿no eres la chica que denunció un robo en el estadio?

—Sí, soy yo. Una pobre víctima, ya veis.

—Nos han pasado el caso los que te han detenido porque estamos al cargo de todo lo relacionado con el concierto —explicó el otro—. Tranquila, esto lo arreglamos rápido.

—No he hecho nada malo —anunció ella, con cara de buena.

Los dos agentes estaban leyendo unos papeles. Rellenaron algunas casillas y firmaron, pasándole el bolígrafo a ella.

—Firma esto —ordenó uno.

—¿Qué es?

—Del hotel, te comprometes a no volver nunca.

—Ah, eso es fácil. —Firmó—. ¿Tengo que pagar alguna multa o algo?

—Nada, esto es una formalidad. No has cometido ningún delito grave, pero los abogados de los famosos suelen ser muy pesados, así que te detuvieron y te trajeron para evitar más problemas. Y esto es solo un añadido, no tienes nada de lo que preocuparte.

Según hablaba, su compañero sacó una pequeña llave y soltó las manos de Sun Hee, que saltó emocionada en el sitio.

—¡Me encanta Nashville! —exclamó—. Tenemos que volver... —Miró a los policías—. Aunque no al Marriott, claro. Ya que os tengo delante, a ver si vosotros me podéis ayudar.

—¿Te han vuelto a robar?

—No, pero ¿se puede denunciar por daño moral?

Ellos se miraron.

—Oye, que te hemos tratado bien —dijo el primero—. Ni siquiera hay cargos, ¿por qué ibas a denunciarnos?

—No, no, a vosotros no, ¡al hotel! Me han robado mi sueño. Estaba con Dennis, todo iba bien y ¡ellos me lo han estropeado! ¡En cuestión de minutos!

—Nada, nada, ni caso —intervino River, tirando de su mano para que se pusiera a su lado—. ¿Podemos irnos, entonces?

Los agentes afirmaron, aún con cara de confusión, así que las dos chicas salieron con Jake detrás, aliviado a más no poder porque todo hubiera salido finalmente bien. No se habían retrasado mucho, tampoco, así que solo esperaba que Murphy no hiciera de las suyas en el viaje de vuelta. Después de todo, tenían que volver por carretera normal de nuevo porque seguían sin tener el maldito aparato de las autopistas, por lo que no se fiaba del todo.

Según entraron en el autobús, vieron a Leroy plantado de pie impidiendo el acceso a la puerta desde el interior.

—Todo en orden, jefe —le dijo.

Se hizo a un lado y, cuando Sun Hee subió, todo el mundo comenzó a aplaudir.

—¿Tomamos café juntos en la parada de descanso? —le preguntó River a Jake.

—Claro. —Le dio un beso—. A ver qué te cuenta tu amiga, que parece que ha vivido toda una aventura.

River sonrió y siguió a Sun Hee, que iba saludando a todos como si fuera una reina ante su comitiva; las dos se sentaron en sus asientos.

—Tú también me tienes que contar algo, por lo que veo —comentó Sun Hee, con un guiño—. Que he visto ese beso, guapa.

—Murphy en este caso resultó bien, tuvimos que ir a un hotel…

—Claro, «tuvisteis», ¿os obligó el universo?

—No, fue Percy que vomitó encima de Jake. —Sun Hee puso cara de asco—. Así que no quedó otra opción, le compré esa ropa yo y… chica, pues qué quieres, una cosa llevó a la otra.

—Ya, ya.

—Y tengo su teléfono y él el mío, nada de hacer un *Dannitedbundy*. Así que, en principio, todo bien.

—Me alegro, tía. —La abrazó—. Si es que esa cara que tienes de atontada era por algo.

—Dejemos lo de «atontada» para ti, ¿te parece? Ya sé que no ha acabado como querías, pero joder, Sun… Al menos lo has tenido cerca, has hablado con él… Eso es más de lo que habías pensado que sucedería, ¿no?

Ella suspiró, ladeando la cabeza mientras sopesaba aquello. Obviamente, sí que había tenido suerte de poder conocerle y, encima, congeniar, solo que su mente estaba nublada por la interrupción del final y no podía centrarse en la parte «buena». Toda ella era pura frustración en ese momento.

—Ya, eso sí —admitió, a regañadientes—. La charla fue tan guay y fluida, hasta le hice reír… es que podía haber terminado mucho mejor.

—O no, imagínate que… besa mal. O es muy malo en la cama. Mira tú qué decepción.

Aquello era como agarrarse a un clavo ardiendo; como consuelo no era mucho, pero sabía que River solo intentaba animarla.

—Supongo —suspiró.

—Venga, cuéntame cómo lo hiciste, que seguro que es toda una aventura. No todos los días se cuela una en un hotel para conocer a su ídolo. ¿Te costó encontrar a Dennis?

Al instante, cual suricatos asomándose entre los asientos, las cabezas de Selena y Mandy aparecieron por encima de los asientos, con los ojos desorbitados.

—¿Qué has dicho? —preguntó la primera.

—¿Has conocido a Dennis? —exclamó la segunda—. ¡Te odio!

—¡Yo más!

—Joder, estábamos oyendo lo de besar y malo en la cama, y pensábamos que hablabais de algún tío que habías conocido.

Sun Hee rio entonces ante sus caras de clara envidia. Estaban muy graciosas con aquellas miradas ansiosas, como si ella tuviera allí un pedazo de Dennis para compartir. En fin, al menos podía contar todo lo anterior al «instante chungo». Suspiró recordando los momentos que había vivido, y levantó las manos pidiendo calma.

—Que haya tranquilidad, os voy a contar todo.

Tanto contó, que no calló en las dos horas siguientes. La experiencia en sí había durado mucho menos, pero claro, tenía que describir todos y cada uno de los detalles de la habitación, o de su ropa, o incluso la entonación de su voz y lo que había comido, la ropa que llevaba… El empezar a hablar de ello la hizo concentrarse en todas aquellas pequeñas cosas, animándola un poco, y se regodeó en cada segundo. Vamos, que no dejó nada a la imaginación y a la media hora, aunque entendía su entusiasmo, River perdió el hilo del relato.

Sacó su móvil y entró en el grupo, que tenía varios mensajes de sus amigas preguntando qué tal el concierto.

River: «Todo bien, estamos de vuelta.»

Danni: «¿Sun se ha quedado sin batería de sacar fotos o qué?»

Kat: «Eso, ¡que no cuenta nada!»

River: «Ya os enviará un audio o algo, porque ha cumplido su sueño en parte. Chicas, ¡ha conocido a Dennis!»

Hubo un montón de emoticonos de incredulidad, entusiasmo y celebración a partes iguales.

Kat: «Un momento, que he releído. ¿Por qué has puesto que "en parte"?»

River: «Parece que congeniaron y se la llevó la policía, justo cuando iban a meterse en una habitación a seguir congeniando.»

Un montón de «¡No!», «¡Puto Murphy!» y «Pobre Sun» siguieron a aquella frase. River la miró, para ver si hacía alguna pausa y comentaba algo en el grupo, pero nada. Como Sun Hee seguía con la historia, acordaron quedar en cuanto Romy regresara de su luna de miel, puesto que aquello merecía que estuvieran todas juntas para contarlo bien y celebrarlo.

Skylar: «¿Y tú con Jake? ¿Algo en claro?»

Danni: «¿Tiene tu número?»

River: «Sí, y yo el suyo. Sé que lo he dicho más veces, chicas, pero… tiene buena pinta.»

Kat: «Esos vaqueros no mentían.»

Romy: «Los vaqueros no tienen edad, ¡a tu salud!»

Le mandó una foto de un cóctel y River sonrió, dejando el móvil para intentar recuperar el hilo de lo que Sun Hee seguía contando. Pero entonces recibió un mensaje de Jake, y lo abrió.

Jake: «Me aburro aquí solo, que lo sepas. ¿Tienes libre el lunes para comer?»

Ella le envió unos cuantos guiños con besos y, cuando él se giró para mirarla desde la primera fila, le sonrió afirmando con la cabeza. Claro que estaba libre, dudaba encontrar un curro de la noche a la mañana. Lo cual le hizo pensar de nuevo en la posibilidad de hablar con Skylar… En fin, ya vería.

Le lanzó un beso poco disimulado con la mano, y esquivó la mano de Sun, que gesticulaba mientras hablaba.

Ya no se arrepentía de haberse dejado engañar por su amiga para ir a aquel concierto, no, señor.

CAPÍTULO XII

River consultó su reloj al pasar junto al Aviva. Podía ser que alguna hubiera llegado con antelación, aunque casi una hora era demasiado y solo lo veía factible de haber un malentendido con la hora. Lo normal era que sus amigas llegaran tarde, más ese día, que eran un grupo tan numeroso. ¿En qué momento se habían convertido en tantos, por Dios?

Skylar se hallaba sentada en la barra mirando el móvil, y al verla entrar le hizo un gesto para que acercara.

—¡Hola! —River corrió a su lado—. ¡Os he echado de menos!

La rubia le dio unas palmaditas, atónita.

—Y eso que solo ha sido un día…

—Créeme, cuenta como tres al menos, ¡qué estrés de viaje! —River se sentó a su lado y le pidió café al camarero.

—No todo ha sido malo. —Skylar le guiñó un ojo.

—En eso tienes razón, aunque no sé si Sun Hee estaría de acuerdo. La pobre me hizo caso e intenta verle el lado positivo al asunto, pero no sé yo…

—Normal, menuda frustración. Lo que le pasó fue una putada muy superior a las restantes.

Tan solo habían pasado unos días desde el regreso del concierto, y Sun Hee no terminaba de sentirse satisfecha. Claro que, como todas suponían, sería una espina que se le quedaría para siempre, ya que las probabilidades de volver a encontrarse en una situación similar eran prácticamente nulas. Por eso no hacía falta recordárselo… cuando veían que, en las conversaciones del grupo, la coreana se quedaba ensimismada o enviaba emoticonos con caras tristes, todas se apresuraban a darle ánimos y decirle lo afortunadísima que era por al menos haber llegado hasta esa parte, opción que no todas las fans tenían. Esperaban que aquella comida también la animara, todas estaban deseando pasar tiempo juntas.

—¿Qué tal el trabajo? —preguntó River.

—Bien, tenemos lío, lo de siempre. Menos mal que es viernes porque necesitaba desconectar, Greg tiene un montón de proyectos nuevos y no hace más que marearme.

—Mejor, así se distrae —se burló, y agradeció con un gesto de cabeza el café que depositó el camarero ante ella—. ¿Y Corey?

—Está bien. —Skylar la miró—. ¿Quieres ir al grano?

—¿Qué?

—Querías verme un rato antes de que llegaran las demás. Hemos quedado en menos de cuarenta minutos, así que… cuéntame.

River asintió, mordiéndose el labio. Cogió el café y lo sopló un poco, antes de darle un sorbito.

—Es por mi trabajo —dijo, tras depositar la taza de nuevo sobre la barra.

—¿A qué te refieres? Lo dejaste definitivamente, ¿no?

—Sí. Quería contarte lo que he estado pensando, en fin, a ver qué te parecía.

Skylar afirmó, permaneciendo en silencio para que pudiera hablar con calma. Veía a River ligeramente incómoda y no comprendía el motivo, al igual que no sabía por qué deseaba hablar de aquello sin las demás.

—Es solo una idea —empezó River—. Pequeña. Tengo que informarme bien y todo eso, para ver si es viable.

—Vale.

—Desde que dejé la clínica, no he parado de buscar trabajo… sin éxito. No hay muchos puestos vacantes donde no pretendan explotarme, y donde el Gran Doctor no pienso volver.

—Eso espero. —Skylar dio un sorbo a su café.

—Entonces he tenido una idea, y quería saber qué opinas, ya que, de todas nosotras, eres lo más próximo a una empresaria.

—Pero si soy relaciones públicas…

—Bueno, tu padre es empresario y Greg también, estás familiarizada. —Skylar se encogió de hombros, dándolo por válido, así que River carraspeó—. La cosa es que me planteo abrir mi propia clínica veterinaria.

La rubia procesó la información y la miró con una sonrisa. River nunca había sido demasiado lanzada en cuanto a proyectos se refería, de modo que ese era un paso muy grande para ella. Grande, y muy necesario, porque necesitaba crecer.

—¿De verdad?

—Dime la verdad, ¿estoy pensando muy a lo grande?

—En absoluto. Además, aunque así fuera, seguiría siendo lo correcto, el próximo paso a dar. Es lógico que quieras tener tu propio negocio, siempre que el estudio de mercado sea positivo.

River asintió.

—Estoy pendiente de eso, aunque creo que no va a haber problemas. No hay tantas clínicas veterinarias como cabría pensar.

—Y la gente cada vez tiene más mascotas a las que poner pijamas y adorar.

—Justo lo mismo que dijo Jake… vamos, que por ese lado no habría problema.

—¿Por qué lado lo hay?

—Por el económico. Es una inversión bastante fuerte de dinero —resumió River—. Una parte la tengo ahorrada, y sé que lo lógico será pedir un préstamo, pero dudo mucho que el banco me lo conceda, ya que estoy sin trabajo. Ya sabes que sin nómina o aval no eres candidato deseable para un crédito.

Skylar asintió con la cabeza.

—¿Cuánto necesitas? —preguntó.

—No lo sé con exactitud, aunque después de hablar con el dueño del local que he encontrado y de hacer unos cálculos por encima…

River agarró una servilleta, escribió una cifra y se la pasó a su amiga, sin atreverse a decirla en voz alta. Le daba tanto respeto meter el dinero en una amistad que casi hubiera preferido que Skylar se negara, aunque, por otro lado, si lo hacía se quedaría sin ese sueño.

—Yo te lo presto.

—Quizá si insisto mucho en el banco me lo concedan, porque sabes que mis padres no pueden respaldarme, los pobres jamás han podido ahorrar nada… —La miró—. ¿Qué?

—Pues eso, que yo te lo presto.

—Pero ¿tienes esa cantidad de dinero? —La rubia afirmó—. ¿De verdad?

—¡Sí!

—Joder…

—A ver, si has venido a preguntármelo será porque imaginabas que podía tenerlo. —Skylar pareció irritada ante su expresión incrédula.

—Ya, pero con la cantidad de ropa, zapatos y bolsos que compras, no pensé que te quedara mucho para ahorrar.

—Muy graciosa.

—A ver, espera, espera —farfulló River, aturullada porque su cerebro no computaba que ya estaba, lo había conseguido y podía seguir adelante—. ¿Y las condiciones?

—¿Qué condiciones?

—¿No vas a poner condiciones?

—Joder, que no soy el banco. Eres mi amiga, River, coge el dinero y ya me lo devolverás cuando empieces a recuperar la inversión.

—Yo había… en fin, había preparado un discurso.

—¿Qué?

—Un discurso, para convencerte. Iba a ofrecerte formar sociedad conmigo, si querías, y de ese modo no sería como si me dejaras el dinero sin más… no me gustaría que más adelante te enfadaras si tardo en devolvértelo, o si no funcionara.

La simple idea de que su negocio se fuera a pique, incluso antes de abrirlo, era un miedo que la paralizaba. Jake le había dicho que era un sentimiento normal de todo el mundo antes de invertir su dinero en algo que no sabías si iba a funcionar, pero claro, una cosa era jugarse el dinero propio y otra, el de tu amiga.

—Claro que va a funcionar —replicó Skylar.

—¿Cómo lo sabes?

—Porque tú no haces nada sin pensarlo mil veces, por eso. Si ya has hablado con el dueño del local y estás pendiente del estudio de mercado, has hecho los deberes.

River asintió, aún insegura.

—Eres una veterinaria maravillosa y eso la gente lo nota. —Skylar le apretó la mano de forma afectuosa—. Todo va a salir bien, ya verás. Te tocaba un poco de buena suerte.

—Yo… no sé, creo que deberías poner plazos, o algo. Condiciones. ¿Estás segura de que no quieres ser socia?

—Este es tu proyecto, River —contestó Skylar—. No querrás tenerme dando por saco a final de mes, pidiendo libros de cuentas, notas de gastos u opinando sobre temas de los que no tengo la menor idea.

La joven alzó una ceja, sopesándolo. Joder, en eso tenía razón, sabía cómo se las gastaba Skylar cuando decidía ponerse crítica. Y si ya era un hueso difícil de roer al escoger un baño, no quería ni imaginarla fiscalizando en su negocio.

«Su» negocio.

Entonces comprendió lo que su amiga pretendía decirle. En efecto, era su proyecto, suyo y de nadie más. Pretender saltar al vacío con varias redes de seguridad no era posible: tenía que arriesgarse, punto. Trabajar al cien por cien para llevarlo hacia adelante, y devolver el dinero a Skylar cuando fuera posible.

—Tienes razón. Va a funcionar de maravilla.

—Eso seguro. Además, tu exclínica no cosecha demasiadas buenas críticas últimamente —comentó la rubia—. ¿Has mirado en internet? Todo el mundo se queja de la boba de la recepcionista. Y también comentan que se han marchado los mejores veterinarios que tenían, así que…

River sonrió. Cierto que los clientes se encariñaban con ellos, pero nunca pensabas que hasta ese punto… solo esperaba que algunos de ellos decidieran acudir a su clínica.

—Dios —dijo—. Solo espero que, cuando empiece con el proyecto, Murphy nos haya abandonado.

—Después de la mala suerte viene la buena, es lo único que he aprendido durante los dos últimos meses. —Skylar le dio un apretón en el brazo—. En fin, ¿vamos? Seguro que alguien ya ha llegado y está esperando.

—Muchas gracias por ayudarme, Skylar.

—Solo porque eres una de las nuestras.

La rubia le sacó la lengua, burlona, y se encaminó hacia la salida antes de que a River le diera por ponerse sentimental, llorar o alguna demostración por el estilo.

—¿Cómo es que somos tantos hoy? —preguntó, tras correr a alcanzarla.

—Es viernes, así que recapitulemos —dijo Skylar—. Kat tiene la tarde libre, y Lawson el fin de semana, así que se lo trae. Lo mismo se aplica a Ted Bundy, si no recuerdo mal hoy volvía de su ruta y pensaba dormir toda la mañana para poder venir con Danni.

—Romy y Randy regresaron el miércoles de su luna de miel —añadió River.

—Eso, y la muy guarra no ha encontrado ni cinco minutos para quedar. Eso quiere decir que seguro no nos ha traído ningún regalito de Hawái.

—¿Y Corey no tenía tatuajes?

—Sí, pero ya le conoces, mueve a la gente de un día para otro según le viene en gana. Le he dicho mil veces que eso es muy poco serio, pero como sus clientes no se enfadan, no deja de hacerlo.

—No se enfadan porque les dirá que se lo termina en dos minutos. Skylar soltó una risita.

—En fin, que no sé por qué, sus amigos se han apuntado.

—¿Los del otro día?

—Ajá. Creo que la idea es que luego se vayan de juerga juntos.

—Pobres, no saben que estas comidas de viernes se suelen solapar casi con la madrugada del sábado. —River se echó a reír.

—Y además viene Jake, a su presentación en sociedad —acabó Skylar.

Eso tenía un poco nerviosa a River, pese a que sus amigas parecían felices por ella, y que todos sus comentarios habían sido positivos hasta el momento… el humor especial que manejaban en el grupo no siempre era captado por el resto del entorno, aunque tenía el pálpito de que Jake iba a encajar a la perfección.

Al volver del concierto, habían seguido charlando por WhatsApp, acordando tomárselo con calma ambos. Solo que, para empezar, ya habían quedado para comer el lunes… y de ahí a pasarse toda la tarde en el piso de River, al igual que el martes, miércoles y jueves. O sea, que lo de ir despacio se lo estaban pasando por el arco del triunfo, ¡y de qué forma!

Pero hacía tanto que River no se sentía de ese modo que no quería pensarlo, solo disfrutarlo. Y como tenía el pálpito de que podía funcionar, cuanto antes lo presentara a sus amigas mucho mejor. Para ella era importante que congeniara con ellas, ya que eran su familia.

—¿Y Sun Hee? —preguntó Skylar—. ¿Vendrá?

—Apuntarse se apuntó, aunque a ver qué cara nos trae.

—Será mejor que la sentemos en el lado opuesto a Sioux, no sea que terminen tirándose la comida el uno al otro.

—Sería mejor que no le preguntaran por el concierto. Ahora que ha dejado de llorar por el disgusto, si le saca el tema lo mismo vuelve a empezar.

—Le diré a Corey que se ocupe de que tengan la boca cerrada.

Acto seguido, abrió el móvil, buscó a su novio y le escribió un mensaje.

Skylar: «Palabras a evitar en la comida: Strigoi, concierto, Dennis.»

No tardó en llegar un emoticono de confusión.

Corey: «¿Sun Hee sigue trastornada?»

Skylar: «Sí, así que di a tus amigos que estén calladitos. Queremos que deje de llorar por la oportunidad perdida.»

Corey: «Oído cocina. Se portarán bien.»

Una vez comprobado que Corey no añadía nada más, la rubia le mostró la pantalla a su amiga, que asintió satisfecha.

—Es que encima Mandy y Selena no dejan de escribirle —comentó River—. La han buscado en Instagram y la etiquetan en todas sus publicaciones del grupo.

—Debería desintoxicarse de Strigoi, ¿sabes? No sé, pasar una larga temporada sin escucharlo, ni leer nada sobre ellos. Sería la mejor manera de que olvidara que ha estado a dos minutos de cumplir el sueño de su vida.

—No es mala idea, lo complicado es convencerla.

—Quizá podríamos hacer una intervención, como en las películas.

—¿Decir que quedamos en su casa y sentarla en el medio de un círculo a soltarle verdades?

—No, hombre, tampoco una *roast party*. Más bien razonar con ella, que ya sé que es complicado en este tema después de tantos años, pero alguna vez tendrá que madurar en ese sentido, ¿no?

River sabía que Skylar tenía razón, aunque no las tenía todas consigo de que fuera a funcionar. Si solo hubiera asistido al concierto, o conseguido un autógrafo, quizá habría servido como punto y aparte. Sin embargo, lo que había vivido era una historia inacabada y eso era muy complicado de cerrar.

—En fin, ya lo pensaremos, quizá se le vaya pasando —contestó, con tono esperanzado.

Llegaron al Aviva y justo vieron que se acercaba Jake por la acera. River notó que su corazón comenzaba a latir a más velocidad, y apenas notó un codazo de su amiga.

—Es un gran cambio con respecto al Gran Doctor, las fotos no le hacen justicia —le susurró Skylar.

Probablemente era porque la sonrisa que tenía, tan natural y agradable, no quedaba bien reflejada en esas fotos, y Skylar entendió que su amiga hubiera caído como tonta a sus pies.

Jake saludó a River con un beso y ella, cogiéndole la mano, se giró hacia Skylar.

—Jake, esta es Skylar —le presentó.

—Encantada de conocerte, hemos oído hablar mucho de ti —dijo ella, dándole un par de besos.

—Lo sé, algo he escuchado sobre vuestro grupo de WhatsApp. Y lo mismo digo, River me ha hablado tanto de vosotras que ya casi es como si os conociera. —Levantó la vista, viendo acercarse a una pareja—. Imagino que aquella es Kat, ¿no?

—Bah, esa es fácil, la pista del pelo rosa no da lugar a error.

La chica venía del brazo de Lawson, y cuando llegó a su altura, las tres se abrazaron y ellos se miraron.

—Soy Lawson —dijo el primero—. El buenorro, por si te han hablado de mí así.

—Algo me suena.

Sonrió, ya que durante esos días, River también le había puesto al día de todas las aventuras y desventuras de la despedida de soltera y la boda.

—¿Ya os habéis presentado? —preguntó Kat, sujetando a sus amigas una con cada brazo.

—Tranquila, nos apañamos solos —aseguró Lawson—. Mira, por ahí vienen Ted Bundy, o sea, Jamie, y Danni.

La chica corrió a abrazar a sus amigas, así que Lawson se encargó de presentar a los chicos, justo cuando Romy y Randy aparecían por una esquina. De nuevo, la parte masculina de la pareja se quedó descolgada mientras ellas se abrazaban y hablaban todas a la vez, así que Randy se acopló al recién formado grupo de chicos.

—Parece que hace un año que no se ven —comentó.

Corey torció la esquina en aquel momento acompañado por sus tres amigos. Vio el abrazo grupal y las esquivó, no fuera a recibir algún pisotón con tanto saltito, para acercarse a los chicos.

—¿No saludas a tu novia? —le preguntó Randy, chocando su mano.

—Deja, que esos momentos grupales es mejor no interrumpirlos. ¿Qué tal tu viaje de novios?

—Milagrosamente perfecto.

—Me alegro. Mira, estos son mis amigos, esos que te dije que te prestaba.

—¿Perdona? —refunfuñó Kee, con el ceño fruncido.

—¿Ahora somos intercambiables o qué? —dijo Seneca, cruzándose de brazos.

—Normal, con lo pesados que sois y las burradas que soltáis a veces —se burló Sioux.

Todos le miraron. Corey decidió no responder a aquello, hicieron una ronda de presentaciones y añadió:

—Hablando de burradas, recordad las palabras prohibidas: Strigoi, concierto, Dennis.

—Joder, que sí, que ya lo hemos entendido —replicó Sioux—. Como si jugáramos al tabú, no somos tontos.

Aquello hizo que sus hermanos se miraran, pero los ignoró con gesto ofendido.

—Menuda historia la de Sun Hee —comentó Corey, mirando a Jake—. Bueno, tú lo viviste en primera persona.

—Sí, no creía en Murphy hasta que conocí a River.

—Ya, se ha convertido en una constante… Por cierto, ven un segundo.

Le hizo un gesto con la cabeza para alejarse un par de pasos del resto y Jake lo siguió, sin saber qué podía querer de él.

Corey se aseguró de que nadie lo oía y lo miró, serio.

—Escucha, las quiero a todas como si fueran mis hermanas… Bueno, Romy lo es, no cuenta, pero ya me entiendes.

—Ajá.

En realidad, no entendía, pero afirmó con la cabeza.

—Y River es como si fuera la pequeña, ¿vale? Ha tenido bastantes idiotas en su vida, así que espero que no seas uno.

Jake parpadeó, comprendiendo entonces. River ya le había hablado de él y lo bien que se llevaban, así como de lo que se alegraba de que Skylar y él hubieran arreglado sus problemas. En cierto modo, no le sorprendía que le saliera aquel lado protector.

—Entendido. Si le preguntas a mi hermana, probablemente te diga que a veces lo soy —contestó—, así que como credenciales no vale. De todos modos, ten por seguro que lo último que quiero es hacer daño a River.

Corey le estudió unos segundos, y afirmó con la cabeza, satisfecho.

Escucharon exclamaciones del grupo de chicas, y al mirar, vieron a qué era debido: Sun Hee acababa de llegar y todas se habían lanzado sobre ella.

—Por Dios, qué pegajosas sois —protestó la chica, devolviendo los abrazos—. Hale, que estoy bien, venga, ¿entramos?

—Sí, eso, que hay hambre —soltó Sioux.

Kee lo fulminó con la mirada, a lo que él se encogió de hombros. Había dicho cinco palabras y ninguna era una de las prohibidas, ¿cuál era el problema?

Skylar había hecho la reserva, así que fue la primera en entrar para avisar de que ya estaban todos y el numeroso grupo se dirigió hacia la mesa que habían preparado. Hubo revuelo de sillas y vueltas mientras cada uno buscaba dónde sentarse, y, sin saber cómo, de pronto Sun Hee se encontró sentada entre Seneca y Sioux, aunque al menos tenía a Corey enfrente. Justo era lo que Skylar quería evitar, pero ya era demasiado tarde para intentar arreglarlo y tampoco era plan de mover a todos de sitio.

Una camarera repartió las cartas, y Sioux frunció el ceño al leer los platos.

—¿Qué coño son los huevos trufados?

Al momento, Sun Hee emitió un sollozo y el chico se ocultó tras la carta, aunque estaba seguro de no ser la causa. Por si acaso, miró la servilleta de papel que había oculta bajo su plato, donde había apuntado las palabras prohibidas para no meter la pata: no, no había ni huevos, ni trufados. Ni ningún taco, tampoco.

—Eso no estaba en la carta antes —dijo Skylar, al lado de Corey—. Sun, ¿no te gustan?

—¡Era lo que comió Dennis antes de… antes de todo! —hipó.

—Pues que nadie los pida —ordenó su amiga, en voz alta para que la oyera toda la mesa—. Venga, cambiemos de tema… Randy, Romy, ¿qué tal Hawái?

Los dos se miraron con cara de enamorados, se hicieron una carantoña y Sun Hee sacudió la cabeza.

—Ay, así le miraba yo —suspiró—. Y él a mí, os lo juro.

Las chicas intercambiaron miradas entre ellas. Madre de Dios, si a cada cosa le iba a encontrar algo relacionado con el concierto, mal iban.

—No había estado nunca aquí —dijo Jake, intentando distraer también la conversación.

—Nosotros tampoco —comentó Kee.

—A lo mejor tienen ostras —se burló Seneca—. ¿Por qué no le cuentas tu teoría?

—¿Qué teoría? —preguntó Jake, confundido.

—Una según la cual Dennis es mi ostra —replicó Sun Hee, con un suspiro—. Creo que pediré lo que más calorías tenga, necesito grasa y luego azúcar.

—Genial, buena idea —afirmó Skylar. Hizo un gesto a la camarera para que se acercara—. Vamos a ir pidiendo las bebidas.

A ver si con unos cócteles o vino se animaba el ambiente, que le daba la sensación de que estaban todos pisando huevos en lo que a Sun Hee se refería.

—River también tiene noticias —dijo, una vez se hubo marchado la chica con el pedido—. Vamos, da la buena noticia.

—Bueno, es un poco pronto —contestó ella, carraspeando. Hubiera preferido esperar a tenerlo más atado, pero entendía también que quizá así se dejaba el tema del concierto totalmente de lado—. Todavía hay mucho que organizar, aunque… voy a montar mi propio negocio, con la ayuda de Skylar.

—Eso ni lo menciones.

Las felicitaciones se sucedieron una tras otra, incluida Sun, que también se alegraba por ella. Que quisiera ser su propia jefa era algo que no sorprendía a ninguna y que todas apoyaban.

—¿Tienes ya el local? —le preguntó Danni.

—Casi, ahora que tengo financiación iré el lunes a ver si cierro el trato. Necesita una mano de pintura, pero seguro que os gusta. Jake me ha ayudado a buscarlo, hemos visto varios esta semana.

Le apretó la mano al decirlo con una sonrisa, gesto que él correspondió.

—Te ayudaremos —afirmó Kat, sin dudar—. ¿Has pensado colores?

River sonrió, puesto que suponía bien lo que le gustaría a su amiga. Su casa era todo un arcoíris.

—Más o menos, acepto sugerencias —contestó—. Cuando tenga la llave, venís y me asesoráis.

—¿De qué es el local que vas a poner? —preguntó Kee.

—Soy veterinaria.

—La gente adora a sus mascotas —dijo Sioux.

—Y yo a Dennis —suspiró Sun Hee.

Seneca le dio un manotazo a Sioux, como si el pobre tuviera la culpa de que cualquier cosa que dijera, la chica lo enlazara al tema prohibido. Para una vez que estaba midiendo sus palabras… Enfurruñado, apartó la carta y decidió mantenerse callado. Se sentía como si estuviera caminando por un campo de minas, y por la forma en que sus hermanos permanecían en silencio, dedujo que a ellos también les pasaba lo mismo.

Tras dejar las bebidas, la camarera tomó nota de los pedidos y volvió a marcharse. Randy y Romy empezaron a contar su viaje, lo cual distrajo a todos durante el tiempo en que tardó en llegar la comida.

—Qué envidia de viaje —comentó River—. Primero Ibiza, luego Hawái, y yo solo… —Se calló, mirando de reojo a Sun Hee—. Solo he recorrido Atlanta buscando locales, ejem.

—Del viaje a Ibiza mejor no hablar —rio Skylar—. Aunque lo de tener chófer no diría que no, eso estuvo bien.

—Sí, un chófer muy majo —espetó Corey, frunciendo el ceño.

Skylar le pellizcó la mejilla y le dio un beso.

—Ay, no te pongas celoso.

—¿Celoso, yo? Sí, del chofer y del tío de la laca, justo.

Skylar puso los ojos en blanco y pinchó su ensalada con una sonrisa. Bueno, se podía quejar de Greg todo lo que quisiera, pero de una forma rocambolesca, estaban juntos de nuevo gracias a él, así que…

—Hablando de chóferes —dijo River, dirigiéndose a Jake, aunque en voz más baja para que Sun Hee no la oyera y pensara en el fatídico viaje—. ¿Qué ha sido de Leroy? ¿Has hablado con tu hermana de él?

Jake movió la cabeza y dejó la copa que tenía en la mano tras dar un sorbo.

—Sí, resulta que tiene su explicación, no lo contrató a lo loco.

—¿No?

—No, tenemos un acuerdo con asociaciones de gente en peligro de exclusión, y resulta que viene de ahí.

—Ah, vaya.

—Conducía camiones en no sé qué guerra de no recuerdo qué país, y cuando volvió, lo de siempre con los veteranos: estrés postraumático y nada de curro a la vista, así que se unió a uno de los programas.

—Vaya, por eso conducía así. —River recordaba, sobre todo, el momento en el que seguían el punto por el mapa.

—Supongo. Eso, y el hecho de que mi hermana dice que es idéntico a Brad Pitt, me temo que a este paso va a ser mi futuro cuñado, o sea que…

River lo miró, sorprendida, aunque la verdad era que, si lo pensaba, algo de cierto era. El conductor iba despeinado y con barba de varios días, pero era joven y guapo. Claro que no tanto como Jake, que la había encandilado desde el primer momento. Eso y que su forma de fumar y masticar chicle no eran lo más atractivo del mundo, al menos para ella. Aunque, en fin, para gustos los colores, y todos los que estaban reunidos en aquella mesa era un buen ejemplo.

—Cosas peores hay —le dijo, sonriendo.

—Sí, supongo, aunque no sé si eso significa que la maldición de Murphy ha cambiado de manos.

—¿Qué oigo de Murphy? —comentó Kat, que estaba al otro lado—. Por favor, ni lo menciones, que llevamos una semana tranquila.

—Ni que la otra vez lo hubiéramos invocado —resopló Danni—. Alguna vez tenía que pasar la racha, ¿no?

—¿Estamos seguras de que ha pasado? —replicó Sun, que sí había oído aquello—. Porque vamos, con la que ame lio a mí, ¡se cubrió de gloria!

Ellas se miraron y Skylar carraspeó. A riesgo de empeorar las cosas, miró a la coreana para decir:

—Quizá ese haya sido el… bueno, el golpe final.

El silencio se hizo en toda la mesa. La tensión se mascaba en el ambiente mientras las miradas pasaban de Skylar a Sun Hee, todos temiendo su reacción.

La coreana frunció el ceño, sopesando aquello. No era ningún consuelo, desde luego, que la mala suerte que acompañaba a todas terminara con ese momento tan cabrón.

—Camarera, más agua aquí —pidió Sioux.

Vio que todos lo miraban, se dio cuenta de que había roto el silencio ominoso y tragó saliva, cogiendo la servilleta para limpiarse las manos.

—Qué servilletas más chulas —comentó, sin saber qué decir.

—Como las de la fiesta… —murmuró Sun Hee.

La camarera llevó la botella de agua, Kee la cogió para preguntar quién quería y el ambiente se distendió mientras comenzaban varias conversaciones por la mesa.

Sun Hee dio vueltas a la comida con el tenedor, fastidiada, pero sobre todo consigo misma porque se dio cuenta de que no estaba disfrutando de aquella reunión como debería, y solo era culpa suya. Que sí, que era una putada lo que le había pasado, pero ahí estaba, con sus amigas (vale, y tres tíos que no le caían muy allá, sobre todo el petardo que tenía al lado), y ni siquiera había escuchado a Romy hablando de su viaje de novios.

Tenía que cambiar el chip, de alguna forma. Todas ellas habían sacado algo bueno de aquel Murphy de las narices, quizá lo suyo fuera lo siguiente.

El viaje a Nashville quedaría atrás como un recuerdo agridulce, y aunque no trataran el tema más, Jake estaría ahí como recordatorio, así que tenía que lidiar con ello. Porque River era feliz con él y ella se alegraba.

Al menos, una de las dos había conseguido a su chico. Cogió aire y se levantó, con su vaso en la mano, y le dio unos golpecitos en el tenedor, hasta que llamó la atención de todos.

—Quiero hacer un brindis por él. —Todos se miraron, indecisos—. No por Dennis, que es lo que estaréis pensando. Por Murphy, por ser tan cabrón. Ha conseguido convertirse en una de las nuestras, haciendo que nos pasaran cosas que ni a una entre un millón y lo importante es el final, que es este. —Poco a poco, todos cogieron sus copas—. River, una de las dos consiguió lo que quería, y las demás no os quedáis atrás, así que… por todas nosotras, con esto se acaba fijo la mala racha. ¡Os quiero!

Rápidamente, el grupo se fue levantando y chocando las copas entre ellos, uniéndose a la celebración de Sun Hee.

Y adiós a Murphy, porque después de aquellas últimas semanas, era imposible que les pasara nada peor, ¿verdad?

DICCIONARIO DE LAS CHICAS

♬ Pantalones vaqueros: prenda de vestir que no miente, tengas la edad que tengas.

♬ GPS: el peor enemigo de Leroy.

♬ Un *Dannitedbundy*: Hombre que no llama (porque no tiene tu teléfono, principalmente).

♬ Amor por exposición: teoría de Sun Hee respecto a la guapura masculina en famosos.

♬ Strigoi, concierto, Dennis: palabras tabúes.

♬ Huevos trufados: véase enlace a receta: https://trufato.es/5-recetas-huevos-trufados/

SOBRE LAS AUTORAS

Eva M. Soler, nacida en Cruces, Vizcaya, un 7 de junio de 1976, empezó a escribir desde muy pequeña, tras desarrollar un fuerte interés por la lectura alimentado por una extensa imaginación.

Idoia Amo, nacida en 1976 en Santurzi, durante toda su vida ha escrito relatos, pero siempre de forma personal y para su círculo más cercano.

Ambas autoras se conocieron a los catorce años, volviéndose amigas y lectoras de sus propios escritos, pero hace unos años decidieron que sus estilos podían complementarse bien, lo cual ha dado como resultado una veintena de libros publicados. Uno de ellos, "Maldita Sarah", consiguió el sello *Best Selling Books* de Amazon.

Han recibido el premio Hemendik que otorga el periódico Deia por su labor como difusión de la literatura romántica.

Para más información, www.idoiaevaautoras.com

Si fueras una de las nuestras, estarías de lo más emocionada ante la despedida de soltera que vamos a celebrar este fin de semana en Niágara. Unas vistas espectaculares en un precioso hotel de lujo: la suite, champán, globos, *spa*, fiesta y cosas de chicas.

Si fueras una de las nuestras, sabrías que viajar en autobús puede ser muy molón, aunque existen ciertos riesgos. No importa, una de las nuestras siempre tiene una solución en el bolsillo para salir del paso, sea cual sea el problema.

Si fueras una de las nuestras, sabrías que Danni es un desastre con patas, Kat una charlatana alocada, Skylar una pija de armas tomar, River una veterinaria de gustos peculiares, Sun Hee una soñadora ajena a la realidad y Romy, la novia, un montón de complejos andante. Aun así, nos apoyamos, somos una piña.

Y este viaje, con la ley de Murphy pegada a nosotras, va a ponernos a prueba en una alocada y divertida carrera contrarreloj para llegar a tiempo a esa despedida.

¿Eres una de las nuestras?

No todo el mundo reacciona al desengaño amoroso de la misma forma...Solo una entre un millón es capaz de desaparecer sin dejar la menor pista del paradero a su novio, pero en nuestro grupo todas somos un poco especiales: Kat va demasiado deprisa, Danni está enfadada con el mundo, River no quiere saber nada de hombres, Sun Hee está dispuesta a todo por conseguir sus entradas, Skylar batalla entre la razón y el corazón, y Romy… bueno, Romy sufre una crisis que puede arruinar el día de su boda.

Y para las penas, nada como unos días de desconexión en un sitio cálido con playa, fiesta y champán, la escapada perfecta para arreglar los corazones rotos.

Los malentendidos y las decisiones incorrectas pueden llevarnos por el camino equivocado y poner patas arriba lo que dábamos por hecho, pero cuando eres una entre un millón no es tan fácil que te dejen escapar.

¿Eres una entre un millón?

Cosas que haces cuando tu novia te deja:

1) Odiar a su nuevo novio, como corresponde.
2) Evitar coincidir con ella.
3) Refugiarte en tu familia y tus amigos.
4) Pensar que de buena te has librado.
5) Plantearte si quieres seguir trabajando para su padre.
6) Tragar bilis cuando se dedica a restregarte a ese puñetero musculitos.
7) Buscar a una chica que te deba un favor y hacerla pasar por tu pareja, aunque tengas que refinarla antes.
8) Espera… borra eso…

En los planes de Liam no entra que su novia actual, Sarah, le abandone tras enamorarse de otro durante sus vacaciones en Australia. Tampoco que peligre su posible ascenso en el bufete donde trabaja, que su hermana se ponga a salir con un guaperas que a todas luces le partirá el corazón, y mucho menos que su atractiva, aunque plebeya vecina, Summer, le destroce el coche durante un accidente en el aparcamiento.

Harto de que Sarah se dedique a amargarle la vida paseando a su nuevo ligue ante sus ojos, este abogado estirado decide seguir un consejo poco sensato: convencer a Summer de que se haga pasar por su novia ante ciertos eventos del bufete. Para que todo salga bien solo necesita refinarla un poco, pero lo que en principio parecía algo sencillo acaba derivando en un giro inesperado…

En el departamento de bomberos de Pensacola (Florida) llevan dieciséis años sin que una sola mujer ingrese en el cuerpo. Un dato de lo más interesante para Abby, una periodista harta de malgastar su talento en una revista de cotilleos y que aspira a escribir artículos serios.

¿Por qué no presentarse a las pruebas y preparar un reportaje acerca de las trabas que encuentran las mujeres en ese campo? Como muestra, además de la propia experiencia, tendrá a sus dos únicas compañeras entre una treintena de aspirantes: Talisa, para quien ser bombero es un sueño desde niña y que está decidida a lograrlo a pesar de los obstáculos; y Camilla, una joven cansada de la monotonía que desea dar un punto de emoción a su vida. El día a día en la academia es duro e intenso, pero estos chicos son material inflamable y hasta encontrarán tiempo para el amor.

¿Cuántos conseguirán llegar hasta el final y quiénes se quedarán por el camino?

¿Qué futuro aguarda a nuestros aspirantes una vez han abandonado la academia?

Abby pretende continuar con su artículo secreto y en la estación a la que ha sido destinada tiene un montón de material con el que hacerse famosa, empezando por el irascible capitán Pearson, ¿podrá seguir adelante hasta el final?

A Talisa tampoco se le presentan bien las cosas, pues en su nuevo destino encuentra una sorpresa que, lejos de facilitarle la existencia, le impide disfrutar del trabajo de sus sueños.

Y Camilla quizá esté a punto de descubrir que la amistad no siempre es lo que parece.

La vida real es muy complicada, más allá de aulas y simulacros, como todos ellos están a punto de comprobar…

«Esta es la lección más importante y que parece que tanto os cuesta entender: los bomberos son una unidad.»

En todo grupo de amigas existe esa que se alegra de que las cosas te salgan mal. Esa incapaz de disimular su sonrisa cuando apareces con unos kilos de más. Esa que se regocija cuando te despiden de tu último trabajo. Esa que sonríe cuando tu corte de pelo se descontrola y acabas pareciendo un crestado chino. Esa cuyos piropos son, en realidad, insultos. «Me encanta tu maquillaje, disimula tu enorme nariz».

Una invitación de boda pone patas arriba el mundo de Audrey y Briana, dos chicas adineradas acostumbradas a tenerlo todo. Audrey tiene una cuenta pendiente con el novio y no dudará en planear la manera de estropear la celebración con la ayuda de Briana, aunque arrastren al resto de sus amigas durante el proceso.

Érase una vez un plan maquiavélico y una venganza salpicada de romance. Una historia donde, ni los buenos son tan buenos, ni las villanas tan villanas…

EVA M. SOLER-IDOIA AMO

Alexander Green es un joven cirujano plástico que vive en Los Ángeles, entre fiestas y surf, hasta que es testigo de un crimen que lo obliga a entrar en protección de testigos. Para su asombro, es enviado a Sutton, un pequeño pueblo de Alaska, todo lo contrario a lo que está acostumbrado. Un lugar tan lejano como el corazón de la jefa de policía local, Rylee Scott, una treintañera que ha renunciado al amor, y que pronto despertará el interés de Alex.

Romance, comedia y nieve, juntos en una sola historia...

Alexandra es la oveja negra de la familia. Profesora de instituto, divorciada y de aspecto común, nunca ha conseguido estar a la altura de lo que su madre esperaba de ella. Y tampoco va a lograrlo en esta ocasión... ¡todo lo contrario!

En la boda de su estúpida perfecta hermana menor con el guapísimo senador Ethan Lewis, a quien Alex ama en secreto, se monta tal follón que el enlace acaba por no celebrarse. Y Alex decide que es un buen momento para aprovechar ese viaje de novios a la Riviera Maya que tiene pinta de quedar relegado al cajón de «cosas para devolver».

Ni corta ni perezosa, se embarca en un vuelo con su mejor amiga Skye, dispuesta a desconectar y divertirse durante cuatro maravillosas semanas. Quieren playa, sol, excursiones y margaritas, pero cuando llegan allí les espera una gran sorpresa: el senador, su jefe de campaña y una sola *suite* que compartir...

Skye no está en el mejor momento de su vida. Un año después de las vacaciones en México con Alex, su carrera como fotógrafa se ha estancado, tiene ciertos problemas económicos y su vida sentimental es un desierto desde que abandonó a Owen sin darle ninguna explicación.

Alex le pone en bandeja de plata la oportunidad de dar una vuelta de tuerca a eso con una oferta muy tentadora: el puesto de fotógrafa oficial en la gira de campaña a la presidencia de Ethan, su ahora prometido. para Skye significa recuperar el amor por su trabajo y olvidarse del dinero durante un tiempo, pero también está la parte difícil: lidiar con Owen y los sentimientos que aún tiene por él.

Owen es un adicto al trabajo, Skye es un espíritu libre.

Entre kilómetros y gasolina, ciudades de Estados Unidos y discursos de campaña, equipos revoltosos y tabletas de chocolate, ¿podrán dos personas tan diferentes reencontrarse en el punto donde lo dejaron un año atrás?

Bienvenidos a Kiltarlity. Un pequeño pueblo escocés donde no faltan los hombres rudos, los dialectos imposibles, la tradición de los clanes milenarios y, por supuesto, la persistente lluvia.

A sus treinta y dos años, Leslie Ferguson ha logrado alcanzar el éxito en el trabajo y posee un alto nivel económico, pese a que su carácter avinagrado no despierta demasiadas simpatías en sus relaciones sociales. Cuando es enviada a un pequeño pueblo de Escocia por motivos laborales, la estirada joven no tiene más remedio que viajar hasta allí acompañada por su ayudante personal, Shane. Pronto, Leslie descubrirá que su refinado estilo de vida no es compatible con este lugar: sus empleadas no la respetan, no tiene centros comerciales donde satisfacer su vena consumista, y el encargado de ayudarla en su proyecto es un atractivo *highlander* que no para de burlarse de ella.

Pero lo que parecía ser una pesadilla compuesta por niebla, humedad y gente tosca, no solo pondrá a prueba su paciencia durante un año, sino que cambiará su vida de forma radical…

Hay parejas que se casan porque la llama del amor es tan fuerte que solo quieren pasar el resto de su vida juntos. Otras, porque desean formar una familia llena de cariño y respeto.

Y luego están Callum y Alissa.

Callum y Alissa trabajan juntos, pero no se llevan bien.

Callum y Alissa no tienen nada en común, y nada es nada.

Callum pasa de Alissa porque es seria, controladora y mandona. Alissa desprecia a Callum porque es vago, mujeriego y cuentista.

Callum y Alissa cometen el error de beber más de la cuenta durante la fiesta de fin de año del trabajo. Lo que podía haber quedado como una terrorífica anécdota pronto se complica al darse cuenta de que durante la borrachera se han casado.

Sí, exacto, has leído bien: casado.

Por circunstancias que no vamos a revelar aquí, ambos van a tener que aprender a convivir el uno con el otro, una tarea ardua y difícil porque son polos opuestos. Y ya sabemos lo que sucede con los polos opuestos…

A veces, el destino se ríe de ti en tu propia cara.

Dominic, April y Wanda forman una familia casi perfecta: se conocen desde la universidad, llevan compartiendo piso ocho años y tienen una amistad a prueba de bombas.

Sin embargo, durante la fiesta de celebración de su treinta cumpleaños, Dominic sufre una especie de crisis y cree que su vida es un desastre: los ascensos son para otros más agraciados y las chicas no parecen percatarse de su existencia. Y aquí es cuando sus dos mejores amigas deciden tomar cartas en el asunto. ¿Qué tal un cambio de imagen radical y unas clasecitas sobre cómo ligar para no parecer tan aburrido?

Aunque no todo es tan sencillo como parece: Wanda no está en condiciones de ayudar mucho a nadie en temas amorosos porque su propio novio acaba de plantarla y no puede dejar de llorar, y April... April está a punto de descubrir que buscar novia a su mejor amigo quizá no le parezca tan divertido como ella esperaba.

Kayla Green no ve demasiado a su madre, Francine, desde que esta volvió a casarse para formar otra familia. Aun así, está deseando emanciparse emocionalmente de ella y, de paso, del negocio familiar de compraventa y restauración en el que aún participa. Quiere empezar por su cuenta, darle otro toque y, por qué no, desligarse del todo de su madre y su hermana postiza Winter.

Antes de que pueda hacer realidad sus planes, su progenitora la mete en un buen lío. Con unas copas de más encima, participa en una subasta y adquiere un lugar: Santa Claus, un pueblo fantasma de Arizona.

Y aunque Francine le ve potencial, no está dispuesta a ocuparse del tema ella misma, por lo que decide tomarse unas vacaciones mientras cede a sus hijas la responsabilidad de ponerlo a punto. Cuando ambas llegan allí, sienten que todo se desmorona a su alrededor. Es un lugar deshabitado, el rancho está en muy mal estado, hay animales salvajes sueltos y no saben cómo conseguir ayuda, además de que la relación entre ellas es un desastre.

Al menos hasta que encuentran a Logan, un vaquero reciclado en mecánico que está deseando volver a trabajar en lo que más ama.

Un sitio abandonado, calor, polvo, motos, cowboys… y besos.

«Era un viaje de… no sé, no me gusta decir eso de descubrimiento, me suena a cliché, aunque es lo más parecido. Yo sabía que me encontraría muchas dificultades en el camino y así fue: tuve que trabajar, estuve muy enferma, me robaron varias veces, destrocé un montón de botas, en ocasiones dormí en casas ajenas sin saber casi quiénes eran, en ciertos momentos tuve miedo, en otros me sentía muy feliz… es complicado de expresar.»

¿Y si un día decides romper con todo y cambiar de vida? ¿Quién no ha soñado alguna vez con coger un avión y viajar sin billete de vuelta?

Bezan es un alma libre que nunca ha seguido las reglas ni cumplido lo que se esperaba de ella.

Cuando abandonó Nashville en busca de una felicidad que su vida actual no podía darle, no imaginaba lo que le depararía su viaje. Dejó atrás una complicada relación con su madre, una rutina que empezaba a desgastarla… y también al amor de su vida.

Regresar al hogar después de tres años no es sencillo, pero Bezan está a punto de descubrir que nunca es tarde para cambiar las cosas.

Aisha, psicóloga del departamento de policía en Las Vegas, se dedica día tras día a unir los pedazos rotos de sus compañeros de profesión, además de asesorar a víctimas de todo tipo de violencia. En este entorno, se presenta ante ella un nuevo y difícil reto: tratar a Jackson, un sargento que ha sido degradado y trasladado tras ciertos comportamientos agresivos en el trabajo.

Pese a su carácter hosco, la doctora no puede evitar sentir una fuerte atracción por este hombre tan complicado, lo que la lleva a investigar su pasado. Convencida de que tiene que haber una experiencia traumática que le haga comportarse así, no duda en localizar a una persona que arroje cierta luz sobre él, algo que complicará todavía más las cosas.

¡Sumérgete en esta saga de novelas New adult que exploran la vida de un grupo de universitarios en un exclusivo internado de Montreal!

En lo alto de una montaña de Montreal se encuentra el lujoso internado Sharidan. Un lugar selecto y elitista donde las familias adineradas envían a sus hijos para que cursen sus carreras universitarias. No es solo el dinero lo que le da su buena reputación, sino el alto rendimiento de la universidad y la vigilancia a la que someten a los polluelos de los millonarios.

En ese marco nevado tenemos a nuestros protagonistas: JD, un americano de clase media que ha conseguido una beca para estudiar audiovisuales y Syd, una británica cuya posición social es tan alta como fría es su relación con su progenitor. Ambos simpatizarán desde el primer momento, desarrollando una amistad que poco a poco se irá transformando en algo más, mientras son secundados por otros personajes. Como Dennis, líder del grupo musical Black Legend, o los mellizos Gauthier, los chicos más populares de la universidad. Sin olvidar al equipo de profesores, cuya tarea va más allá de la simple enseñanza.

Todos ellos se darán cita en un ambiente diferente lleno de líos amorosos, mucha música, hockey sobre hielo, clases, profesores, carreras y las siempre difíciles relaciones entre padres e hijos.

Little Falls es un pequeño y tranquilo pueblo de Minnesota donde nunca sucede nada.

Los habitantes de este idílico lugar desconocen los turbios asuntos que se gestan en Camp Ripley, la base militar afincada a unos kilómetros, donde se están llevando a cabo una serie de peligrosas pruebas virales.

La desaparición de una joven del lugar pone sobre aviso a la jefa de policía Emma Jefferson, quien no tarda en descubrir que se ha propagado un virus, resultado de un proyecto llamado Anxious: un virus que produce infectados rabiosos y que pronto se convertirá en pandemia con consecuencias catastróficas.

Drama, supervivencia, miedo… ¿estás preparado para que tu mundo cambie por completo?

Me dirijo a todos los supervivientes del desastre que está asolando nuestra querida nación para darles un mensaje de esperanza. Me he visto obligado a declarar el estado de excepción, pero el ejército está ahí para ayudarles. Si se encuentran con algún soldado, no huyan: identifíquense y serán evacuados a un lugar seguro.

No todo está perdido.

Nuestro país se encuentra inmerso en una lucha por la supervivencia y pasarán años antes de que sea habitable de nuevo. Nuestro ejército y científicos se están encargando de ello. Hasta entonces, estamos organizando varios lugares donde poder reinstaurar nuestra sociedad y modo de vida americano.

Aquellos que se encuentren en la costa Oeste, diríjanse a los puertos de Seattle, San Francisco y San Diego.

En la Costa Este, a los puertos de Jacksonville, Nueva York, Boston y Portland.

La frontera con México se encuentra cerrada y Canadá está en la misma situación que nosotros, por lo que las únicas salidas son por mar.

Unidos, lo lograremos.

Buena suerte.

Imagina un concurso televisivo dispuesto a todo con tal de subir la audiencia.

Imagina que alguien desaparece sin dejar rastro en un área de servicio.

Imagina que tu deseo más preciado se cumple, y debes pagar el precio.

Imagina que un reflejo hace aflorar tu lado más perverso.

Imagina que el mundo llegara a su fin, y solo tuvieras un último día.

Imagina un túnel de terror en vivo, cuyo macabro recorrido se convertirá en una experiencia aterradora.

Imagina…

Adolescentes sin escrúpulos, lugares de pesadilla, desapariciones misteriosas, padres perversos, demonios internos, rituales de iniciación, una pizca de amor, y sangre… mucha sangre.

«He trazado un círculo, hecho con sangre. Un círculo que delimita Salvación de principio a fin. Nadie puede salir de aquí, y el que lo intente, morirá. Vais a pagar... un sacrificio cada doce meses. Uno por año, como ofrenda por mi sufrimiento.»

Si te gustan nuestros libros, te pedimos que apoyes nuestra carrera de forma legal y rechaces el pirateo. Es la forma de que podáis seguir disfrutando de cómo escribimos, ya que sin ventas es muy difícil seguir publicando, tanto en Amazon como en editorial.

Apoya a tus escritores de la manera correcta.
¡Gracias!

www.ingramcontent.com/pod-product-compliance
Lightning Source LLC
Chambersburg PA
CBHW050918220726
PP18604600001B/10